LAND

Nikolai Bachnow

Die unsichtbaren Fürsten

Aus dem Russischen von Aljonna und Klaus Möckel
Einbandgestaltung und Illustrationen von Hans-Eberhard Ernst

1. Auflage 2001 Leipzig

Gesamtproduktion: Paxmann/Teutsch Buchprojekte, München
Druck und Binden: Offizin Andersen Nexö, Leipzig
Printed in Germany

ISBN 3-89603-076-0

Erster Teil
Ein Anschlag auf Pet Riva

SONDERBARE VORFÄLLE

Der Hund Knacks, eine schwarzbraune Promenadenmischung mit Schlappohren und krummen Beinen, hatte einen wunderbaren Traum. Er war mit seinem Herrn zu einem Schlachtfest eingeladen und wurde aufs Herrlichste verwöhnt. Mit besten Fleischbrocken, Blutwürsten und Markknochen. Dazu trank er aus einem Napf frisches Quellwasser.

Knacks schlappte und schlug sich den Bauch voll, dass es eine Lust war. Bis er plötzlich durch lautes Muhen aufgestört wurde. Weshalb brüllen hier die Kühe herum, dachte er erstaunt, was haben sie bei einem Schlachtfest zu suchen. Sie sollten sich lieber schleunigst davonmachen.

Die Bilder verwischten sich und Knacks erwachte. Etwas enttäuscht leckte er sich das Maul – leider hatte er keinerlei saftiges Bratenstück zwischen den Zähnen, lag vielmehr mit leicht knurrendem Magen unter einem Busch hinterm Hof seines Herrn. Das aufgeregte Muhen und Gebrüll der Kühe allerdings war Wirklichkeit und was er nun entdeckte, ließ ihn an seinem Hundeverstand zweifeln. Aus dem Gatter vor ihm, dessen Tor sich in diesem Moment weit öffnete, ohne dass der Bauer, seine Frau oder sonst jemand zu erblicken waren, kamen die Gescheckten herausgetrampelt und es klang, als würden Stockhiebe gegen ihre runden Flanken prasseln.

Was für eine Gaukelei, ich schlafe noch immer, dachte Knacks und schnappte, um sich von der Wahrheit zu überzeugen, nach seinem Ohr. Er biss kräftig zu, spürte den Schmerz und quietschte auf wie eine Gummipuppe. Ohne Frage, er war wach.

Knacks sprang auf die Füße. Die Kühe entfernten sich vom Hof, rannten auf den Wald zu.

„Hiergeblieben, ihr Grasfresser!“, bellte der Hund empört. „Wo wollt ihr denn hin?“ Er stürzte auf sie zu, um sie aufzuhalten und zurück zur Umzäunung zu scheuchen.

Doch die Gescheckten liefen weiter und eine, mit Namen Liese, erwiderte:

„Es liegt nicht an uns. Wir wollen nicht wegrennen, man treibt uns. Hörst du nicht die Schläge, mit denen sie uns traktieren?“

„Stimmt, ich höre Schläge, aber wer, bei allen guten Geistern, teilt sie aus?“, rief Knacks. „Ich kann niemanden entdecken.“

„Wir auch nicht“, jammerte Liese, „doch sie sind um uns herum. Sie haben das Gatter geöffnet. Es sind Unsichtbare.“

Im Zauberland war allerhand möglich. Man hatte es schon mit Hexen, Feen, Zwergen, Riesen und Drachen zu tun gehabt. Es gab Seemonster, Nebelgespenster und Bäume, die einen beim Kragen packten. Trotzdem, von Unsichtbaren hatte Knacks noch nie etwas

gehört. Dabei war er in seinem kurzen Leben bereits mit so erfahrenen Leuten wie dem Weisen Scheuch, dem Eisernen Holzfäller, dem Tapferen Löwen und der Prinzessin Strubbelhaar zusammengetroffen.

„Diesen Unsichtbaren werd ich's gleich zeigen“, kläffte der Hund. Er hatte die Kühe inzwischen fast erreicht, stürzte sich todesmutig zwischen sie und biss aufs Geratewohl um sich.

Tatsächlich bekam Knacks auch Stoff zu fassen, ein fremdes, muffig riechendes Hosenbein. Ein Fluch ertönte, dann wurde er geschüttelt und herumgeschleudert. Da er nicht losließ, sauste ihm ein Knüppel auf den Kopf. Aufjaulend gab er die Hose frei.

Doch so schnell war Knacks nicht aus dem Feld zu schlagen.

„Gebt euch zu erkennen, ihr Banditen“, rief er wütend und wagte eine zweite Attacke. Diesmal gelang es ihm aber gar nicht erst, jemanden zu packen. Im Gegenteil, ein Fußtritt erwischte ihn und warf ihn ins Gras. Vorübergehend wurde er ohnmächtig. Als er wieder zu sich kam, hatten die Kühe bereits den Wald erreicht.

„Ihr Räuber, ihr Verbrecher“, stöhnte Knacks, denn bellen konnte er nicht mehr. Ihm taten alle Knochen weh, bestimmt waren einige gebrochen. Obwohl ihm das Nachdenken schwer fiel, überlegte er, was zu tun sei. Der Diebstahl durfte nicht ungesühnt bleiben. Doch für eine Verfolgung war er zu schwach. Nachdem er wieder etwas zu Kräften gekommen war, raffte er sich auf und humpelte zum Hof seines Herrn zurück.

Bauer und Bäuerin waren bei der Feldarbeit und hatten nichts von dem Raub mitgekriegt. Als Knacks den Vorfall endlich schildern konnte, wollten sie ihm zunächst nicht glauben. Aber der Hund war immerhin verletzt und die Kühe hatten sich in Luft aufgelöst. Der Bauer, die Mistgabel schwingend, rannte in den Wald, doch wo sollte er suchen? Er entdeckte noch einige Spuren: zertrampeltes Gras, frisch abgeknickte Zweige – aber sie verloren sich bald im Dickicht. Unverrichteter Dinge musste er schließlich heimkehren.

Im Reich der Käuer mit der im ganzen Zauberland berühmten Smaragdenstadt war es seit Jahren nicht zu solch einem Vorfall gekommen. Die letzten Viehdiebstähle hatte hier ein Ungeheuer begangen, der furchtbare Drachenkönig, aber er war zur Strecke gebracht worden und hatte auch nur einzelne Tiere gerissen. Diesmal dagegen war eine ganze, wenn auch kleine Herde gestohlen worden. Und der Bauer war auf seine Gescheckten, die schon so manchen Preis gewonnen hatten, besonders stolz.

Das Unbegreiflichste jedoch war die Geschichte von den Unsichtbaren. Obwohl der kleine Hund Stein und Bein schwor, die Wahrheit und nichts sonst zu sagen, glaubte ihm keiner so recht. Feen, Zauberer, Hexen konnten blitzartig verschwinden oder auch auftauchen, aber sie waren stets zu sehen. Außerdem traten sie immer nur einzeln in Erscheinung. Hier dagegen musste es sich um mehrere Räuber gehandelt haben.

„Wahrscheinlich waren es ganz gewöhnliche Spitzbuben", vermuteten die Nachbarn. „Knacks, der Prügel bezogen hat, will sich bloß herausreden."

Der Hund zweifelte sein Erlebnis schon selber an, da gab es kurz hintereinander einige weitere Diebstähle. In einem Dorf wurden am hellerlichten Tag die besten Pferde von der Koppel geholt, ohne dass die Knechte nebenan auch nur den Hemdzipfel eines Langfingers bemerkt hätten.

„Die Pferde waren plötzlich frei, ein Hü und Hott ertönte und sie jagten davon", berichteten sie. Einer der Knechte freilich glaubte einen grünlichen Schimmer gesehen zu haben und behauptete, es seien Gespenster gewesen. Gespenster, nun ja, aber was sollten die mit Kühen und Pferden?

Einen Tag später wurde mitten in der Smaragdenstadt eine Weinhandlung geplündert. Diesmal geschah es gegen Abend: Der Besitzer und ein Kunde sahen unvermittelt, wie unsichtbare Hände die Rega-

le leer räumten. Verblüfft und entsetzt griff der Händler selber nach den Flaschen, wurde jedoch durch einen Faustschlag niedergestreckt. Glas splitterte, Wein floss über den Boden und der Kunde rannte schreiend aus dem Laden. Dabei prallte er gegen eine Gestalt, die ebenfalls nicht zu sehen war. Die Flaschen aber verschwanden auf geheimnisvollem Weg aus dem Geschäft und dem darunter liegenden Weinkeller – auf der Straße waren Hufgetrappel, das Knarren von Wagenrädern und Worte in einer schwer verständlichen Sprache zu hören. Dann ratterte das Gespann davon, ohne behindert zu werden, denn die Leute wichen vor dem unheimlichen Spuk zurück. Als der Händler sich aufgerappelt hatte, konnte er nur noch feststellen, dass sich all seine Waren in Luft aufgelöst hatten.

PET RIVAS ENTFÜHRUNG

Solche Ereignisse sorgten natürlich für Aufregung. Das Fass zum Überlaufen aber brachte ein Geschehnis, das einen angesehenen Bürger aus dem Land der Käuer betraf, den alten Fischer Pet Riva.

Pet, der meist am Fluss saß und angelte, konnte ein wenig zaubern. Damit hatte er zwar schon einigen Unfug angestellt, sich aber auch Verdienste erworben. So hatte er zum Beispiel vor einiger Zeit den Weisen Scheuch und seinen Ersten Minister Din Gior in Riesen verwandelt, wodurch die beiden gegen den Drachenkönig kämpfen konnten. Es war aus Versehen passiert, doch was schadete das. Zumal es ihm gelungen war, ihnen am Ende ihre richtige Gestalt wiederzugeben.

Der Fischer besaß eine Schaluppe, die mehr als nur eine stürmische Fahrt hinter sich hatte. Sie war noch gut in Schuss, lag aber meist ordentlich vertäut im Schilf, für Pet lediglich ein Angelplatz. Auch diesmal hatte er sein Stühlchen an Deck aufgeklappt, den Eimer für die Fische hingestellt, die Pfeife angezündet, sich zurechtgesetzt und die Angel ausgeworfen. Es war ein freundlicher Tag, der nur Angenehmes versprach.

Plötzlich hörte Pet hinter sich Geräusche. Es war, als ob am Ufer leise Schritte nahten und sich gleich darauf jemand an der Vertäuung des Schiffs zu schaffen machte. Der Alte drehte sich um, konnte aber niemanden entdecken. Dessen ungeachtet raschelte es im Schilf, die Seile, die den Kahn hielten, lösten sich und es gab keinen Zweifel, dass mehrere Personen an Deck kletterten, mit Augen so wenig auszumachen wie die Luft.

„He, was geht denn hier los!“, rief Pet, der nichts begriff, und sprang auf. Von irgendwelchen Unsichtbaren hatte der alte Einzelgänger zu diesem Zeitpunkt noch nichts gehört.

„Was geht los, wirst gleich merken“, knurrte eine Stimme in schrecklichem Kauderwelsch und ehe der Fischer noch etwas entgegnen konnte, packten ihn fremde Fäuste an Schultern, Armen und Beinen, zwangen ihn zu Boden.

Pet, total überrascht, wollte sich wehren, hatte aber keine Chance. Er wurde gefesselt und an den Mast gebunden. Damit er nicht schreien konnte, stopfte ihm jemand einen Knebel in den Mund. Dann polterten Stiefel über die Planken, der Motor wurde angeworfen und die Schaluppe stampfte hinaus in die Strömung.

Wer ist das und wo wollen sie mit mir hin?, fragte sich der Fischer entsetzt. Er glaubte nicht an Gespenster, denn die Fäuste, die ihn gepackt, die Stiefel, die ihn getreten hatten, gehörten ganz offenbar zu Männern aus Fleisch und Blut. Ihre Kleider rochen muffig und ihre Sprache schien verstümmelt. Manchmal glaubte Pet sogar grünlich schimmernde Gestalten zu erkennen, die im nächsten Moment aber wieder verschwanden.

Sie kommen aus einem unbekannten Land und müssen etwas an sich haben, das sie vor unseren Augen verbirgt, überlegte der Alte. Schade, dass ich meine Zauberangel zu Hause gelassen habe. Mit ihrer Hilfe könnte ich mich befreien und diese Banditen zwingen, ihr wahres Gesicht zu zeigen.

Doch das war nur ein frommer Wunsch. Ohne jede Gegenwehr musste Pet die Entführung seines Schiffes hinnehmen. Nachdem die Unsichtbaren die Schaluppe zur Strommitte gesteuert hatten, fuhren sie flussabwärts. Dabei beschrieben sie einen Zickzackkurs. Sie waren bestimmt keine Seeleute.

Um etwas zu tun und sich bemerkbar zu machen, schlug der Fischer mehrmals mit dem Hinterkopf gegen den Mast. Es tat weh, hatte aber Erfolg. Tatsächlich zog ihm eine unsichtbare Hand den Knebel aus dem Mund. Eine Stimme krächzte:

„Was du willst?"

„Wissen, was ihr mit mir vorhabt. Wer seid ihr?"

Statt einer Antwort ertönte nur höhnisches Gelächter. Die Stimme fragte:

„Wo mehr Schiffe?"

„Lasst ihr mich frei, wenn ich's euch verrate?", sagte Pet.

„Vielleicht." Die Stimme klang spöttisch.

„Vielleicht genügt mir nicht."

Aus dem Nichts heraus bekam der Alte eine so heftige Ohrfeige, dass ihm schwarz vor Augen wurde. Der Knebel wurde ihm wieder in den Mund geschoben und für Sekunden war es still. Dann hörte er mehrere Stimmen flüstern, konnte aber nichts verstehen.

Pet Riva erwartete, dass die Unsichtbaren, so rüpelhaft sie auch vorgingen, erneut mit ihm reden würden und legte sich eine Taktik zurecht.

Doch er hatte sich geirrt. Aus dem Flüstern wurde Streit, der erst endete, als das Schiff stark zu schlingern begann – offenbar hatten

sie das Steuer sich selbst überlassen. Lautes Fluchen ertönte und eine Stimme befahl:

„Schluss, auf Plätze!"

Was wohl bedeutete, dass die Banditen wieder an ihre Arbeit gehen sollten. Die Stimme gehörte wahrscheinlich dem Anführer.

„Was mit Gefangenem?", fragte jemand.

„Brauchen nicht mehr. In Fluss!"

Bevor der Alte noch richtig begreifen konnte, was das für ihn hieß, wurde der Befehl schon ausgeführt. Die Unsichtbaren banden ihn los, wobei seine Hände und Füße gefesselt blieben, packten ihn und warfen ihn einfach über Bord. Pet Riva versuchte vergeblich, sich entgegenzustemmen; wegen des Knebels im Mund konnte er nicht einmal schreien. Er stürzte in die Flut, die sich gurgelnd über ihm schloss, schnappte verzweifelt nach Luft und atmete durch die Nase Wasser ein. Er glaubte sein letztes Stündlein gekommen und verlor das Bewusstsein.

Aber Pet starb nicht, der Fluss war hier nicht allzu tief und eine Welle legte ihn, gerade noch rechtzeitig vor dem Ersticken, auf einer Sandbank ab. Von einem schrecklichen Husten geschüttelt, kam er zu sich und es gelang ihm, wenigstens den Knebel auszuspucken. Er kroch ganz auf die Sandbank, bevor ihm erneut die Sinne schwanden.

Der Fischer erwachte, weil jemand an ihm herumzupfte. Er schlug die Augen auf und blickte in ein Vogelauge.

„Ein Storch?", sagte er verwundert. „Ach, Klapp, du bist es. Wo befinde ich mich, was ist passiert?"

Es war der im ganzen Zauberland bekannte Stelzvogel, der hier am Fluss lebte und schon an so manchem Abenteuer des Scheuchs und seiner Freunde teilgenommen hatte. Er hielt den Kopf schief und erwiderte:

„Du liegst auf einer Sandbank mitten im Fluss. Was passiert ist, müsstest eher du mir erklären. Ich habe nur gesehen, wie du vom Deck deines Kahns stürztest. Wer hat dich gefesselt?"

Natürlich, die Fesseln! Pet richtete mit Mühe den Oberkörper auf und versuchte sie von den Handgelenken zu streifen. Es glückte nicht.

„Ich bin überfallen worden", sagte er, „sie wollten mein Schiff. Kannst du mir helfen, die Knoten zu lösen?"

„Wer hat dich überfallen? Ich habe niemanden gesehen."

„So sonderbar es klingen mag, sie waren unsichtbar. Weiß der Kuckuck, was das für Banditen sind."

„Unsichtbar? Schau an." Der Storch war weniger überrascht, als man denken könnte. Da er viel unterwegs und sehr neugierig war,

hatte er bereits von den Diebstählen gehört. Er fügte hinzu: „Das ist nicht der erste Vorfall dieser Art. Ich muss es sofort in der Smaragdenstadt melden."

Er wollte sich in die Lüfte erheben, aber Pet rief:

„Nicht so schnell! Du kannst mich doch nicht einfach hier liegen lassen."

„In Ordnung, ich helfe dir. Obwohl wir dadurch vielleicht wichtige Zeit verlieren." Er begann mit seinem langen Schnabel an den Knoten zu zerren.

„Nicht so, du ziehst ja alles noch fester", beschwerte sich Pet.

„Glaubst du, ich weiß nicht, wie man Fesseln löst? Hier in der Nähe hab ich einmal einen Delphin aus einem Netz befreit." Der Storch konnte sich nicht enthalten, diese Geschichte zu erwähnen, bei der es später um den Kampf gegen ein Seemonster gegangen war.

Nachdem er die Stricke zunächst stark angezogen hatte, schaffte er es tatsächlich, einen Knoten aufzuknubbeln. Der Fischer bekam endlich eine Hand frei und konnte sich nun selbst weiterhelfen.

„Danke, Klapp, das werde ich dir nicht vergessen", murmelte er. „Du siehst, ich kenne mich mit Knoten aus. Jetzt muss ich aber endlich los."

„Und wie komme ich hier weg?", fragte Pet.

„Ich bitte den Scheuch, jemanden zu schicken", rief der Storch und schwang seine Flügel.

Der Alte winkte ab.

„Lass es, das dauert mir zu lange. Ich werde ans Ufer schwimmen." Er begann sich auszuziehen und seine Kleider zu einem Bündel zusammenzuknoten. Erst als der Storch schon gestartet war, fiel ihm noch etwas ein. „Sag dem Scheuch, dass sie auch andere Schiffe stehlen wollen!", rief er Klapp hinterher. „Sie haben mich gefragt, wo welche liegen."

Der große Vogel drehte den Kopf und klapperte kurz. Anscheinend hatte er verstanden.

DAS SPORTFEST

In der Smaragdenstadt fand ein Sportfest statt. In der Nähe des Palastes war vor einigen Jahren ein großes Stadion mit Anlagen für alle möglichen Veranstaltungen errichtet worden.

Als Klapp die Stadt erreichte, waren die Wettkämpfe in vollem Gange. Auf der Bahn gab es ein Staffelrennen, im Innenkreis flogen die Wurfscheiben und seitlich schwangen sich die Stabhochspringer über Querlatten. Die Ränge waren gut gefüllt, denn Sport wurde im Land der Käuer seit einiger Zeit groß geschrieben. Vor allem die jungen Leute hatten viel Spaß daran.

Klapp hatte keine Ahnung von dem Sportfest und wunderte sich über den Beifall, der manchmal vom Stadion herüberbrandete. Gern hätte er nachgeschaut, was los war, aber der Stolz, von Pet Riva berichten zu können, trieb ihn zunächst zum Schloss. Wie gewohnt, flog er zum Fenster des Scheuchs und klopfte an die Scheibe. Da ihm niemand öffnete, schwang er sich auf den nächsten Sims und rief nach Betty Strubbelhaar, der Frau des Herrschers. Als sich dort gleichfalls keiner meldete, versuchte er's bei Din Gior. Doch auch der Minister war nicht da; der Palast, dessen Fenster zum Teil einladend offen standen, schien wie ausgestorben.

Der Storch war enttäuscht. Um nachzudenken, flog er aufs Schlossdach und zog ein Bein an.

„Was willst du hier, warum flatterst du so aufgeregt herum?", flötete jemand von der Giebelspitze nebenan.

Der Storch drehte sich halb um. Vor ihm saß Tütü, die Amsel.

„Ich bin nicht aufgeregt, ich habe wichtige Nachrichten für den Scheuch. Aber es ist keiner da."

„Wie sollten sie, wo im Stadion die Wettkämpfe stattfinden", erklärte Tütü. „Unser Herrscher nimmt selbst teil."

„Was denn“, sagte Klapp fast empört, „der Scheuch nimmt an einem Sportfest teil, während die Unsichtbaren überall ins Land eindringen? Das ist aber nicht gerade weise.“

„Was weise ist, kann unser Herrscher besser einschätzen als du“, erwiderte Tütü. „Er wird schon wissen, was er tut.“

Der Storch war beleidigt und beschloss, die Amsel keines Wortes mehr zu würdigen. Er startete erneut und flog zum Stadion. Nachdem er mehrere Kreise über dem weiten Rund gezogen hatte, entdeckte er die Strohpuppe in ungewohntem Trikot bei den Sprunggruben.

Bei dieser Gelegenheit muss erwähnt werden, dass der Scheuch eine Kapazität auf dem Gebiet des Stabhochsprungs war. Als sich der Sport in der Stadt verbreitete, hatte er diese Fähigkeit an sich entdeckt.

Es hing damit zusammen, dass er sich mit Stäben hervorragend auskannte, hatte er doch vor langer Zeit, bevor ihm noch sein wunderbares Gehirn geschenkt worden war, auf einer Stange im Feld als Krähenschreck gedient.

Klapp ließ sich neben dem Scheuch nieder, der gerade eine neue Höhe anvisierte. Außer ihm waren bloß noch zwei Konkurrenten im Wettbewerb.

„Ich muss dich sprechen, Herrscher“, klapperte der Storch. „Sofort, es ist sehr wichtig.“

„Klapp, du? Jetzt ist nicht der richtige Zeitpunkt. Wenn ich die nächste Höhe schaffe, kann ich gewinnen.“

„Die Höhe, die Höhe! Und was ist mit den Unsichtbaren? Während du dich hier vergnügst, besetzen sie möglicherweise deinen Palast, in dem alle Fenster offen stehen.“

„Na, na, im Schloss ist immerhin der Wächter Faramant“, erwiderte der Scheuch. Er war gutmütig und nahm dem Storch die unrespektierliche Rede nicht übel. Die Unsichtbaren machten ihn nicht

weiter besorgt. Es waren wohl bloß Diebe, die einen bestimmten Trick nutzten – man würde ihnen auf die Schliche kommen. In den Palast würden sie sich schon nicht wagen.

„Wir werden diese Räuber kriegen“, sagte er noch. „Unsere Wachen sind angewiesen, gut aufzupassen.“

„Und was im übrigen Land passiert, interessiert dich offenbar gar nicht? Gerade ist Pet Riva überfallen worden. Ich komme vom Fluss und ...“

Der Scheuch konnte nicht weiter zuhören, sonst hätte er die Frist für seinen Sprung überschritten. Er nahm Anlauf und schwang sich am Stab nach oben. Doch er war abgelenkt und riss die Latte herunter.

Ein enttäuschtes Aufstöhnen ging durch die Menge. Alle wollten den Herrscher siegen sehen.

Ein Kampfrichter kam angerannt.

„Was fällt dir ein, unseren Wettkampf zu stören!“, fuhr er den Storch an. „Zuschauer haben hier nichts zu suchen.“

„Zuschauer?“, empörte sich Klapp. „Ich bin in wichtigen Staatsangelegenheiten herbeigeeilt.“

Der Scheuch ärgerte sich über seinen misslungenen Versuch, meinte aber, den Namen Pet Rivas gehört zu haben.

„Hast du etwas von einem Überfall auf Pet, unseren alten Freund, gesagt?“, erkundigte er sich.

„So ist es. Die Banditen haben seine Schaluppe gestohlen und ihn in den Fluss geworfen. Zum Glück konnte ich zu seiner Rettung beitragen. Er lässt dir ausrichten, dass sie noch mehr Schiffe rauben wollen.“

Nun war der Scheuch ehrlich erschrocken.

„Der Storch soll noch einen Augenblick hier bleiben“, sagte er zum Kampfrichter, „es scheint wirklich wichtig zu sein. Der Wettbewerb kann inzwischen ruhig weitergehen.“

Dann zog er Klapp zur Seite und ließ sich von ihm alles genau erklären.

WOHIN VERSCHWINDEN DIE UNSICHTBAREN?

Pet Riva hatte sich bis auf die Unterhose ausgezogen. Er wollte gerade ins Wasser waten, um ans Ufer zu schwimmen, da nahte ein Boot. Eine dicke Frau saß darin. Sie setzte geschickt die Ruder ein, ließ sich flussabwärts treiben.

Pet winkte mit beiden Armen und rief:

„Heho, hierher, nimm mich mit, ich brauche Hilfe!"

Die Frau steuerte die Sandbank an. Ihr Boot war bis zum Rand mit Zuckerrüben beladen.

„Was hat dich denn hierher verschlagen?", fragte sie. „Wolltest wohl den Fluss durchschwimmen? In deinem Alter sollte man sich nicht mehr auf solche Abenteuer einlassen."

Pet erklärte ihr, was geschehen war. Die Frau fiel aus allen Wolken. Das mit den Unsichtbaren mochte sie nicht recht glauben, sie sagte jedoch:

„Ob deine Geschichte nun stimmt oder nicht, ich setz dich über. Beim Schwimmen säufst du womöglich noch ab.“

„Und wohin willst du mit all diesen Rüben?“

„Flussabwärts zum Schwager. Er macht Sirup daraus. Den besten in der ganzen Gegend.“

„Dann nimm mich ein Stück mit. Zwar ist Zeit vergangen, seit die Banditen mich ins Wasser geworfen haben, aber vielleicht kann mir jemand eine Auskunft zu meinem Schiff geben.“

„Wie du willst“, erwiderte die dicke Frau, „bis zum Schwager ist es freilich nur noch ein Katzensprung.“

Pet suchte sich einen Platz zwischen den Rüben und sie legten ab. Der Hof, zu dem die Frau wollte, lag bereits hinter der zweiten Flussbiegung, so dass der Alte gleich wieder aussteigen musste. Immerhin hatte der Schwager das gestohlene Schiff vorbeifahren sehen.

„Einmal hat es fast einen Felsen gerammt“, berichtete er.

„Es sind keine Seeleute. Sie werden den Kahn noch irgendwo auf Grund setzen“, sagte Pet ärgerlich.

„Dann findest du ihn wenigstens wieder“, tröstete ihn der Schwager.

Der Alte entschloss sich, weiter flussabwärts zu laufen. Bei jedem, den er traf, erkundigte er sich nach seiner Schaluppe. Einige hatten nichts bemerkt, andere bestätigten, dass der Kahn vorbeigeschippert war. Schließlich behauptete ein Angler:

„Das kleine Schiff ist in den Seitenarm dort eingebogen. Ich hab mich noch gewundert, weil er sonst kaum befahren wird.“

„Wo führt er hin?“

„Das ist es ja eben – zu den Grauen Sümpfen. Die Gegend ist sehr unwegsam. Ich kann mir überhaupt nicht vorstellen, was die Leute dort wollen.“

Pet erwähnte die Unsichtbaren nicht, sagte aber:

„Es ist mein Schiff und sie haben es gestohlen. Vielleicht wollen sie es dort verstecken."

„Na dann viel Glück!", erwiderte der Angler. „Nimm dir mal einen dicken Knüppel mit."

Der Alte folgte dem Seitenarm des großen Flusses. Gern hätte er ein Boot gehabt, aber nirgends war eins zu sehen. In der Ödnis, die sich bald vor ihm auftat, fand er auch weder Hof noch Hütte. Einmal war der Boden stocktrocken, danach aber wieder so feucht, dass er Umwege machen musste. Hinter einem Busch traf er unvermittelt auf einen wuscheligen Hund mit Schlappohren und schwarzbraunem Fell.

Die beiden beäugten sich. Dann sagte Pet:

„Ein Hund in dieser Einöde? Was treibt dich hierher? Ist dein Herr in der Nähe?"

„Nein. Ich verfolge eine Spur. Aber dich habe ich schon gesehen. Bist du nicht der mächtige Zauberer, der nach dem Kampf gegen den Drachenkönig unserem Herrscher seine normale Gestalt zurückgegeben hat?“

„Ich bin kein mächtiger Zauberer; es war nicht der Rede wert“, wiegelte Pet ab, war insgeheim jedoch geschmeichelt.

„Welch ein Glück, dich zu treffen. Ich bin stolz darauf. Aber weshalb bist du hier?“

„Banditen haben mein Schiff geraubt. Ich bin hinter ihnen her.“

„Banditen? Etwa wieder diese Unsichtbaren?“

„Du hast von ihnen gehört?“, fragte der Alte erstaunt.

„Und ob ich das habe“, knurrte der Hund. „Unser Hof liegt gleich hinter diesem Ödland. Die Unsichtbaren haben unsere Kühe gestohlen und mich fast totgeschlagen. Anfangs wollte mir niemand glauben, später jedoch fanden weitere Überfälle statt. Da sah man ein, dass ich Recht hatte. Seit ich wieder gesund bin, suche ich die ganze Gegend nach Spuren ab. Ich hatte damals ein Hosenbein zwischen den Zähnen und werde die Räuber an ihrem Geruch wiedererkennen, so wahr ich Knacks heiße.“

„Knacks bist du?“, fragte Pet. „Doch nicht etwa der, von dem mir Jessica erzählt hat, das Mädchen aus dem Menschenland.“

„Ach, Jessica ... Nach meinem Herrn ist sie mir der liebste Mensch auf der Welt. In der Smaragdenstadt hat sie mich vor dem Hochwasser gerettet.“

„Jessica ist ein tapferes Mädchen“, stimmte der Alte zu. „Hoffentlich besucht sie uns bald wieder. Nun freut es mich besonders, deine Bekanntschaft gemacht zu haben. Aber jetzt muss ich weiter.“

„Wenn du hinter den Unsichtbaren her bist, schließe ich mich an. Zwei entdecken mehr als einer.“

„Nichts dagegen einzuwenden“, sagte Pet, „doch es kann seine Zeit dauern. Was wird dein Herr dazu meinen?“

„Er wäre stolz, wenn er wüsste, wem ich da Gesellschaft leiste“, erklärte der Hund überzeugt.

„Na gut, wenn du glaubst.“

Sie kehrten an den Flussarm zurück und gelangten zu dem sumpfigen Gelände, von dem der Angler gesprochen hatte. Pet sank bereits mit den Füßen ein.

„Hier kommen wir nicht weiter, wir müssen einen anderen Weg suchen“, stellte er fest.

„Vielleicht dort drüben, da scheint es trockener zu sein.“

Über einen Erdwall gelangten sie zu einer Fahrrinne, die zumindest kleinere Schiffe passieren konnten.

„Gespenster sind es jedenfalls nicht“, sagte Pet Riva, „sie haben den Wasserlauf ausgebaggert.“

„Bestimmt nicht, ich hab doch erzählt, dass ich einen geschnappt hatte“, gab Knacks zur Antwort.

„Hinter dem Buschwerk liegt offenbar ein kleiner See“, fuhr Pet fort. „Vielleicht ist dort mein Kahn versteckt.“

Das Gebüsch war sehr dicht und sie mussten sich erst einen Weg bahnen. Schließlich hatten sie freie Sicht. Wie groß war ihre Überraschung, als sie nicht nur die Schaluppe, sondern auch einige grünlich flimmernde Gestalten darauf entdeckten.

„Unsere Unsichtbaren bekommen langsam ein Gesicht“, murmelte der Fischer.

„Jetzt haben wir sie. Denen werd ich's zeigen.“ Knacks wollte gleich auf sie los.

Pet hielt den Hund zurück.

„Moment, so verdirbst du alles. Wir zwei können nichts gegen die Banditen ausrichten, sie sind viel zu viele. Besser, sie merken nicht, dass wir sie beobachten. Sie vertäuen das Schiff, sind wahrscheinlich hier zu Hause. Wir müssen herauskriegen, wo.“

Knacks schämte sich ein bisschen.

„Du hast Recht, ich bin zu ungestüm. Mit mir geht immer das Temperament durch.“

Die Räuber hatten ihre Arbeit inzwischen getan, sprangen an Land und stapften davon. Sie waren noch immer durchsichtig und zwischen Riedgras und Gebüsch schwer auszumachen. Zum Glück unterhielten sie sich laut. Wenn die beiden Verfolger auch nichts verstanden, sie konnten ihnen auf der Spur bleiben.

Die Banditen steuerten ein Wäldchen an, aber plötzlich verstummten die Laute. Die flimmernden Schatten waren nicht mehr zu sehen.

Pet und Knacks blieben stehen.

„Das Wäldchen können sie noch nicht erreicht haben. Sie sind wieder unsichtbar geworden“, sagte der Hund überrascht.

„Nein, dann würde man sie noch hören“, widersprach Pet.

Vorsichtig näherten sie sich der Stelle, wo die grünen Gestalten verschwunden waren. Beide waren auf Überraschungen gefasst und bereit, sich energisch zur Wehr zu setzen, falls sie angegriffen würden. Wie von dem Angler geraten, hatte der Fischer einen dicken Knüppel zur Hand genommen.

Doch nichts Besonderes geschah. Sie erreichten eine Fläche voller Gras und Felsbrocken. Das war alles.

„Das versteh ich nicht. Wo sind sie hin?“, fragte Pet.

Knacks lief schnuppernd das Rund ab.

„Weitergegangen sind sie nicht“, knurrte er. „Sie müssen irgendwo stecken.“

Der Alte blickte nach oben, wo sich freilich nur ein wolkenloser Himmel dehnte.

„Sollte doch Zauberei im Spiel sein?“, murmelte er. „Ich kann es nicht glauben.“ Er klopfte mit seinem Stock den Boden ab, aber überall gab es nur Gestein und Erde

DER LEBENDE STEIN

Pet Riva und der Hund waren ratlos.

„Immerhin haben wir den Kahn gefunden“, murmelte der Fischer. „Versuchen wir ihn flottzumachen, dann bekomme ich wenigstens mein Eigentum zurück.“

„Und was ist mit unseren Kühen?“, rief Knacks. In einem plötzlichen Zornesanfall sprang er auf einen der herumliegenden Steine und schrie: „Ihr Räuber, ihr Banditen, wo steckt ihr? Zeigt euch, damit ich euch packen und zerreißen kann!“ Bestimmt hätte er noch weiter geschimpft, wäre nicht etwas Überraschendes geschehen. Der Granitbrocken unter ihm glitt unvermutet zur Seite. Der Hund rutschte weg und purzelte ins Stoppelgras. Als er sich wieder aufgerappelt hatte, stellte er verblüfft fest, dass der Stein an die alte Stelle zurückrollte.

„Er bewegt sich, er lebt“, flüsterte Knacks erschrocken.

Pet Riva hatte den Hund, der sie mit seinem lauten Gebell nur in Gefahr brachte, eigentlich zurechtweisen wollen, musste nun aber lachen.

„Unsinn, der Stein ist alles andere als lebendig. Wenn ich's recht sehe, hast du gerade eine geheime Automatik entdeckt.“

„Eine geheime was?“

„Eine Automatik, du wirst gleich merken, was ich meine.“ Pet ging zu dem Stein und schob ihn erneut zur Seite, weiter, als Knacks es vorher unabsichtlich getan hatte. Es knirschte und urplötzlich begann sich der Boden vor ihnen zu senken. Eine Eisenplatte, durch Erde und Gras gut getarnt, glitt in einen tiefer gelegenen Spalt. Sie gab den Blick auf eine steil nach unten führende Treppe frei.

„Na, so was!“ Knacks war beeindruckt.

„Du hast herumgeschnuppert und die Platte trotzdem nicht entdeckt“, tadelte ihn der Alte.

„Ich bin zu weit außen gelaufen“, rechtfertigte sich der Hund, „sie war aber auch gut eingefügt. Wollen wir runter?“

„Ich weiß nicht“, erwiderte Pet. „Es könnte sehr anstrengend für mich und auch gefährlich werden. Wir kehren besser um und berichten in der Smaragdenstadt über unsere Entdeckung.“

Doch Knacks in seinem Eifer war schon zu nahe an der Öffnung. Als er sich noch ein Stück vorbeugte, verlor er prompt das Gleichgewicht. Ehe Pet zugreifen konnte, rutschte er ab, fiel und kollerte als schwarzbraunes Knäuel die Treppe hinab.

„Knacks“, rief der Alte erschrocken, „was, um Himmels willen, machst du!“

Der Hund konnte weder antworten noch bremsen. Er verschwand in der Tiefe.

„Auch das noch“, brummte der Fischer. Was blieb ihm anderes übrig, als Knacks zu folgen, er konnte ihn schließlich nicht im Stich lassen. Kaum war er auf der Treppe, schloss sich die Luke über ihm und es wurde stockdunkel.

Pet wollte erneut nach Knacks rufen, ließ es jedoch sein. Sie hatten schon genug Lärm gemacht und es war ein Wunder, dass noch niemand aufmerksam geworden war. Vielleicht wollten die Unsichtbaren sie aber auch nur in Sicherheit wiegen.

Aus einer Nische drang Licht. Der Alte tastete sich zu ihr und entdeckte einen Packen Kienspäne. Ein Scheit, in eine Spalte gesteckt, brannte flackernd. Pet ergriff ein zweites und zündete es an. Damit besaß er eine Fackel. Offenbar benutzten die Unsichtbaren die Späne, um sich zu orientieren.

Seinen Knüppel fest in der Hand haltend, stieg Pet Riva vorsichtig die Treppe hinunter. Gänge führten nach rechts und links, hier und da lagen weitere Kienspäne bereit. Nun rief der Alte doch leise nach Knacks und fand ihn schließlich am Ende der Treppe in einer großen, spärlich erleuchteten Höhle. Der Hund saß verdattert und heftig atmend vor einer riesigen Holzfigur.

„Da bist du ja endlich“, sagte Pet erleichtert. „Ist dir was passiert?“

„Ich hab mir bestimmt hundert blaue Flecken geholt, aber wohl nichts gebrochen.“ Und ohne Übergang: „Was ist das?“

„Was ist was?“

„Na, dieser Holzmensch.“

Pet schaute sich die Figur genauer an. Sie stellte einen Mann in wallendem Mantel und Stiefeln dar, mit einem Degen in der Hand und einer Art Pelzmütze auf dem Kopf. Neben der gewaltigen Größe – Pet reichte ihm nicht mal bis zum Gürtel – fielen besonders seine strahlend grünen Augen auf. Es waren zwei sorgfältig geschliffene Smaragde.

„Eine Gottheit“, sagte der Alte, „vielleicht auch bloß ein Recke aus vergangener Zeit, den die Unsichtbaren verehren. Jedenfalls beweist die Statue wieder einmal, dass sie durchaus aus Fleisch und Blut sind. Hier unten scheinen sie ihr Versteck zu haben.“

„Aber die Höhle ist leer“, wandte Knacks ein. „Wenn die Unsichtbaren hier wären, würde ich sie riechen.“

„Wahrscheinlich gibt es noch mehr Räume. Sehn wir uns um.“

Türen und Ausgänge schienen nicht zu existieren. Um bei Bedarf in Deckung gehen zu können, schlichen die beiden an der zerklüfteten Wand entlang. Zu ihrem Glück, denn mit einem Mal glitt ihnen direkt gegenüber ein Fels zur Seite und ein Trupp Männer in Lederzeug kam aus einem Gang. Pet und der Hund drückten sich gerade noch rechtzeitig in eine Nische.

Die Männer freilich schauten gar nicht in ihre Richtung. Ohne ein Wort zu wechseln, schritten sie auf die Holzfigur zu und knieten vor ihr nieder. Sie verharrten einige Zeit in dieser Haltung, dann entfernten sie sich über die Treppe.

„Ob die wieder auf Beute aus sind?“, fragte Knacks.

„Das ist anzunehmen. Offenbar ist die Holzfigur ihr Schutzpatron.“

„Ich werde hingehn und ihn bepinkeln“, erklärte der Hund wütend.

„Lass den Unsinn. Wenn wir nun einmal hier sind, wollen wir uns lieber den wichtigen Dingen widmen. Zum Beispiel dem Gang, aus dem sie gekommen sind.“

Sie schlichen zu dem Felsen. Er war inzwischen in seine ursprüngliche Lage zurückgerollt, aber sie wussten ja nun Bescheid und fanden schnell den entsprechenden Hebel. Diesmal war es ein eiserner Knopf in der Wand. Die Steintür öffnete sich wieder und gab den Blick auf einen breiten, hell erleuchteten Gang frei.

„Das gefällt mir gar nicht“, murmelte der Fischer. „Wenn wir da hineingehen, können sie uns leicht entdecken.“

„Wenn wir hier bleiben, erfahren wir nichts“, hielt Knacks dagegen.

„Noch können wir umkehren“, sagte Pet.

„Nein, das glaube ich nicht.“ Der Hund spitzte die Ohren. „Ich höre Geräusche vom Ausgang her. Da kommen wieder welche die Treppe herunter.“

Es war zu spät, sich zu verstecken. Sie betraten den Gang und der Felsen verschloss die Öffnung hinter ihnen.

„Da vorn scheint schon die nächste Höhle zu sein", flüsterte Pet. „Falls sie mich erwischen sollten, versuch zurückzukehren und den Scheuch zu benachrichtigen."

„Du hast gut reden", erwiderte der Hund. „Wie soll ich denn mit meiner geringen Kraft den schweren Türhebel bedienen?"

„Du schaffst es schon irgendwie, rauszukommen."

Sie konnten das Gespräch nicht fortführen, denn zwei Frauen, in Umhänge gehüllt und mit Hauben auf dem Kopf, tauchten vor ihnen auf. Sie erschraken und riefen:

„Zu Hilf, da ist Fremder!"

„Lauf weg, Knacks, versteck dich!", flüsterte Pet Riva.

„Kommt nicht in Frage. Wir werden kämpfen!"

Stimmengewirr ertönte, man vernahm eilige Schritte. Mehrere Leute näherten sich.

„Keine Angst, ich bin kein Feind, habe mich nur verirrt", versuchte der Alte die Frauen zu beschwichtigen.

Sie aber ließen sich nicht beruhigen, und als nun einige bärtige Krieger herbeigerannt kamen, geiferte die eine:

„Glaubt ihm nicht, ist bestimmt Spion."

Die Männer waren mit Knüppeln und Speeren bewaffnet und Knacks hielt es trotz seiner großen Worte vorhin für besser, den Schwanz einzuziehen. Er verkroch sich hinter Pet.

„Ich bin ein alter Mann und habe nichts Böses im Sinn", sagte der Fischer.

„Wie kommen herein in Höhlenland?", belferte einer der Bewaffneten.

„Ja also, wir waren in dieser Gegend und entdeckten zufällig eine Treppe, die in die Tiefe führte."

„Lüge ... Verschlossen ... Nehmt fest!"

Die Tür hinter ihnen öffnete sich und der Trupp, den sie auf der Treppe gehört hatten, erschien in ihrem Rücken. Pet hielt verzweifelt nach einem Fluchtweg Ausschau, doch vergeblich.

Knacks jedoch nutzte seine Chance. Er startete mit wildem Gekläffe einen Scheinangriff auf die Männer hinten und sauste, als sie erschrocken zur Seite wichen, an ihnen vorbei, zurück in die erste Höhle. Zwei der Bewaffneten wollten ihn einfangen, gaben es aber schnell auf.

„Ist nur klein Tier, kommt nicht raus, schnappen später", riefen sie.

Dann stürzten sich alle auf den armen Pet Riva, der zum zweiten Mal an diesem Tag gepackt, aber vorläufig noch nicht gefesselt wurde. Vergeblich versuchte er ihnen zu erklären, dass sie ihn ruhig loslassen könnten, er würde sich nicht wehren und auch nicht weglaufen. Die Männer hielten ihn mit eisernen Fäusten fest und zerrten ihn in Richtung der zweiten Höhle, die noch größer war als die erste und im Licht hunderter Fackeln und tausender Leuchtsteine erstrahlte.

NOX NEUNFUSS

Knacks rannte auf die Treppe zu, an dem großen hölzernen Recken vorbei, bei dessen Anblick er unwillkürlich zu knurren begann. Ihn anzupinkeln nahm er sich allerdings nicht die Zeit. Er wollte so schnell wie möglich ins Freie, um Hilfe zu holen.

Während er die Stufen hinaufhetzte, begann er zu überlegen. Die Unsichtbaren hatten Recht, wenn sie sagten, dass er allein oben nicht rauskam. Er konnte sich bloß auf die Lauer legen und darauf hoffen, dass jemand öffnete. Jemand, der noch draußen war und nicht mit ihm rechnete.

Auf der Treppe war es ziemlich dunkel, nur selten flackerten Kienspäne, und obwohl sich der Hund an die Finsternis gewöhnt hatte, konnte er kaum etwas erkennen. So ganz allein, bekam er es mit der Angst zu tun. Zwar schien ihn vorerst niemand zu verfolgen, doch gespenstische Schatten tanzten an den Wänden und er vernahm Geräusche, die ihm vorher nicht aufgefallen waren. Irgendwo im Erdinnern tropfte Wasser, rollten Steine, bewegten sich Schlamm und Sand. Es war unheimlich.

Knacks zwang sich zur Ruhe, er durfte jetzt nicht in Panik verfallen. Natürlich war der Ausgang zur Erdoberfläche verschlossen – den Öffnungsknopf konnte er im Dunkeln kaum ertasten, geschweige denn betätigen. Deshalb streckte er sich auf einer der Stufen aus und fasste sich in Geduld. Etwas weiter unten hatte er einen schmalen Gang gesehen. Falls jemand die Treppe emporstieg, konnte er dort hineinflüchten.

Während Knacks der Dinge harrte, die da kommen sollten, dachte er über die Unsichtbaren nach. Was waren das bloß für Menschen, dass sie in solchen Höhlen hausten und Schiffe oder Kühe stahlen. Überhaupt, die Kühe! Die Schwarzgescheckten konnten unmöglich diese Treppe hinabgeklettert sein, es musste noch einen zweiten Weg in die Tiefe geben. Oder waren sie etwa oben in dem Sumpfgebiet angepflockt? Vielleicht hatten die Banditen sie schon geschlachtet und aufgegessen. Bei diesem Gedanken stiegen dem Hund die Tränen in die Augen.

Schließlich schlummerte Knacks ein. Die Dunkelheit und die fernen Geräusche machten ihn schläfrig. Er träumte von seinem Bauernhof, von Luft, Licht und den schönen grünen Büschen, unter denen es sich so herrlich ruhen ließ. Freilich hielt diese Idylle nicht lange an, wurde jäh durch ein Schnaufen, Krächzen und Gurgeln unterbrochen. Verwirrt schlug er die Augen auf, schloss sie vor Schreck aber gleich wieder. Er hatte in einen weit aufgerissenen rot-

glühenden Rachen mit scharfen Zähnen gestarrt. Nein, das war kein Traum mehr. Gleich würde ihn das abscheuliche Vieh, das bestimmt dreimal größer als er selbst war, packen und verspeisen.

Doch nichts dergleichen geschah, die Zähne gruben sich ihm nicht in den Hals. Vielmehr verstummte das Schnaufen und Krächzen. Was, beim Himmel, ging da vor? Ängstlich öffnete Knacks die Augen zum zweiten Mal. In der Düsternis erkannte er ein längliches vielbeiniges Wesen, das den Rachen wieder geschlossen hatte und ihn mit funkelnden Blicken betrachtete.

„Wer du?“, fragte das Wesen.

Nicht nur an der abgehackten Sprache erkannte Knacks, dass dieses Tier hierher, in die unterirdische Welt gehörte.

„Ich b...bin Knacks, ein Hu...hund“, stotterte er.

„Hu...hund, was ist?“

„Du weißt nicht, was ein Hund ist? Na, hör mal! Wir sind die Freunde des Menschen. Uns gibt es seit ewigen Zeiten.“ Vor Erstaunen vergaß Knacks vorübergehend seine Furcht.

In diesem Moment ertönten von unten her harte Schritte. Einige Männer kamen die Treppe herauf. Der Vielbeiner, aber auch Knacks, erstarrten. Dann drehte sich das fremde Tier jäh um und riss erneut den Rachen auf. Furchterregende Laute und kleine Flammen ausstoßend, rannte es die Treppe hinab.

Von unten ertönte Fluchen und Geschrei. Anscheinend war das Tier kein Freund der Unsichtbaren, die sich zunächst wehrten, aber bald den Rückzug antraten. Ob es jedoch überhaupt jemandes Freund war? Knacks zweifelte daran, er hatte das Gefühl, einer Riesengefahr entgangen zu sein, und wollte nicht auf die Rückkehr des Vielbeiners warten. Nur, was sollte er tun? Der Gang ein paar Stufen tiefer fiel ihm ein. Gewiss kannte sich das Tier dort besser aus als er, falls es ihn verfolgen wollte, doch es gab keine andere Fluchtmöglichkeit.

Vielleicht finde ich einen zweiten Ausgang, dachte Knacks und sauste los. Es war noch finsterer als auf der Treppe, nur ein paar leuchtende Steine gaben etwas Licht. Erst ging es bergab, dann ein paar Stufen hinauf und plötzlich sickerte von oben ein Sonnenstrahl durch einen Erdspalt. Sehnsüchtig starrte der Hund der Erdoberfläche entgegen. Er konnte sie allerdings nicht erreichen, weil der Spalt viel zu eng war.

„Kein Weg Erde“, krächzte es vor ihm. Zu seinem Schrecken war der Vielbeiner wieder da. Er musste seinen Kampf beendet, einen anderen Tunnel genommen und sich diesmal lautlos von vorn genähert haben.

Knacks zitterte am ganzen Leib. Erneut wollte er fliehen, doch das Tier sagte:

„Bleib stehn, Hu...hund. Gleich überall Feinde.“

„Du w...weißt, dass sie hinter mir her sind?“

„Nox Neunfuß weiß. Nox Erdenmann gesehn.“

„Willst du mich nicht töten und fressen?“

„Nox Neunfuß frisst nur Blau- und Graumoos.“

„Das ist gut“, sagte Knacks erleichtert. „Ich bevorzuge zwar eine knackige Blutwurst oder einen saftigen Markknochen, aber Blau- und Graumoosfresser sind mir ungemein sympathisch. Auch wenn ich nicht weiß, wie diese Pflanzen schmecken.“ Und zaghaft fügte er hinzu: „Es wäre mir eine Ehre, wenn wir Freundschaft schließen könnten.“

„So weit noch nicht, Hu...hund. Aber jetzt ich hör Feinde. Müssen weg!“

In der Tat ertönten Schritte und Wortfetzen. Wahrscheinlich hatten sich die Unsichtbaren bewaffnet und verfolgten den Vielbeiner.

Nox Neunfuß, der auf einmal gar nicht mehr so schrecklich aussah, rannte davon. Der Hund folgte ihm durch ein Gewirr von Gängen. Schließlich gelangten sie in eine Höhle mit einem See, der hinten an Felsen grenzte.

Nox Neunfuß sprang ins Wasser und schwamm auf die Wand zu.

„Wo willst du hin?“, rief Knacks, der keinen Sinn in der Sache entdecken konnte.

„Kommen mit!“, rief das Tier.

Die Verfolger hetzten heran, sie brüllten und ihre Stiefel stampften schwer auf dem Boden. Der Hund überlegte nicht länger und stürzte sich gleichfalls ins Nass.

Unvermutet – Nox hatte die Felswand fast erreicht – öffnete sich dort eine Tür und rötliches Licht fiel aufs Wasser. Blitzschnell schlüpfte er ins Trockene.

„Hu...hund, kommen!“, rief er Knacks erneut zu.

Die Unsichtbaren, die hier unten allerdings genauso gut wahrnehmbar waren wie jeder andere Bewohner des Zauberlandes, stürmten in die Höhle. Als sie sahen, dass Nox entkam, stießen sie ein enttäuschtes Geschrei aus, hoben herumliegende Steine auf und schleuderten sie nach ihm. Knacks, der endlich auch wieder festen Boden erreicht hatte, wurde am Schwanz getroffen und jaulte auf. Zum Glück schloss sich die Felsentür sofort hinter ihm.

„Jetzt in Sicherheit“, verkündete Neunfuß.

„Können sie nicht durch einen anderen Tunnel kommen?“

„Nein. Hier Rotfürst. Für Grünfürst verschlossen.“

Knacks verstand das nicht ganz, war aber erst einmal froh, gerettet zu sein. Vorausgesetzt, er konnte dem Vielfüßler wirklich trauen. Nun, das würde sich herausstellen. Er hatte keine Ahnung, wie dieses Abenteuer weitergehen sollte.

AUF DER SUCHE NACH PET RIVA

Inzwischen hatte der Scheuch einige Maßnahmen ergriffen, die seiner Weisheit gerecht wurden. Beunruhigt durch Klapps Bericht, hatte er das Sportfest vorzeitig verlassen. In seiner Disziplin, dem Stabhochsprung, war er dadurch nur Zweiter geworden – zur Enttäuschung seiner vielen Fans –, aber die Staatsangelegenheiten gingen vor. Und Pet Rivas Entführung war eine Staatsangelegenheit!

Leider konnte sich der Scheuch nicht mit seiner Frau Betty beraten, denn die Puppe war zu Besuch bei dem Mädchen Jessica und ihrem Großvater Goodwin. Ein Riesenadler hatte sie über die weltumspannenden Berge gebracht, und obwohl sie sich ein wenig vor dieser Reise gefürchtet hatte, war sie sehr gespannt gewesen. Jessica, die in der Smaragdenstadt ja fast zu Hause war, hatte ihr bereits eine Menge von ihrer Welt erzählt.

Der Scheuch beriet sich mit seinem Ersten Minister Din Gior. Er informierte ihn über die bedrohlichen Vorfälle und sagte schließlich:

„Diese Unsichtbaren scheinen gefährlicher zu sein, als wir glaubten. Wer weiß, was sie noch vorhaben. Wir sollten uns überlegen, wie wir ihren Angriffen begegnen können."

„Wenn sie weitere Schiffe stehlen wollen, müssen wir im Hafen Wachen aufstellen", erwiderte der Minister. „Ich werde gleich einen Boten losschicken, der allen Bescheid gibt."

Der Scheuch nickte. Der Hafen, oberhalb der Stadt am großen Fluss gelegen, war erst in den letzten Jahren gebaut worden. Genau wie die kleine Handelsflotte, die zum Teil dort ankerte. Niemand von der Besatzung rechnete mit einem Überfall.

„Außerdem soll unser Torwächter Faramant den Schutz der Stadt und des Palastes organisieren", stimmte er zu. „Vor allem die Waffenkammer und der Smaragdenschatz müssen gesichert werden.

Vielleicht sollten wir auch den Weinkeller verschließen, denn die Banditen scheinen es auf unseren Wein abgesehen zu haben."

Din Gior seufzte. Das alles war bisher nicht nötig gewesen. Die Käuer, ein friedliches Volk, verabscheuten jede Räuberei.

„Vergiss nicht, dass diese Diebe sich unbemerkt anschleichen können", wandte er ein. „Sie werden nicht ohne Grund die Unsichtbaren genannt."

„Schon richtig, doch es sind keine Gespenster. Nach allem, was wir über sie gehört haben, sind sie sehr wohl aus Fleisch und Blut."

Din Gior schickte einen Boten zum Hafen und der Scheuch rief die Amsel Tütü zu sich, die schon manchen wichtigen Auftrag für ihn erledigt hatte.

„Flieg zum Fluss und bitte Pet Riva, in den Palast zu kommen", sagte er. „Wie ich ihn kenne, hat er die Sandbank, auf der ihn der Storch zurückließ, längst wieder verlassen. Er muss mir alles über diese Unsichtbaren erzählen, was er bemerkt hat, damit wir hinter ihre Geheimnisse kommen und uns gegen sie zur Wehr setzen können."

Die Amsel flog los. Sie erreichte den Fluss und die Sandbank, doch der Alte war nirgends aufzuspüren. Sie fragte die Enten am Ufer, aber alle waren mit der Futtersuche und ihren Küken beschäftigt, keine hatte etwas gesehen. Nur ein Schwan wollte, als er einmal flügelschlagend den Hals gereckt hatte, ein Boot mit einer Frau und einem Mann erblickt haben.

„Es war voller Rüben und trieb flussabwärts", behauptete er.

„Voller Rüben? Wieso?", fragte Tütü verwundert.

„Weiß ich nicht. Jedenfalls lag es tief im Wasser."

„Wie sah der Mann aus?", erkundigte sich die Amsel.

„Weiß ich nicht. Alt. Er hatte einen Filzhut auf."

Das könnte Pet gewesen sein, dachte Tütü. Bestimmt wollte er hinter den Banditen her. Ich werde noch ein Stück flussabwärts fliegen. Vielleicht entdecke ich ihn irgendwo.

Sie flatterte erneut los und fragte hin und wieder nach dem Verbleib des Alten.

Die meisten Tiere wussten nichts von ihm, ein Eisvogel aber, in leuchtend blauem und rotem Gefieder, erklärte, den Fischer ein Stück entfernt im Sumpfgebiet gesehen zu haben. Zusammen mit einem Hund.

„Dort staksten die beiden am Wasser herum. Der Mann entsprach ganz deiner Beschreibung.“

„Im Sumpfgebiet? Bist du sicher?“

„Natürlich, ich bin dort zu Hause.“

Wenn es so ist, muss er den Räubern auf der Spur sein, dachte Tütü. Einen Hund besitzt er freilich nicht. Er wird sich unterwegs einen ausgeborgt haben, wegen der Spürnase.

In Begleitung des Eisvogels, der so schnell dahinschoss, dass sie ihm kaum folgen konnte, flog sie zum Sumpfgebiet. Von Pet Riva kein Zeichen, aber am Rand eines größeren Teiches lag ein kleines Schiff. Kein Zweifel, es war Pets alte Schaluppe.

„Das ist er, das ist er ganz bestimmt!“, rief Tütü.

Sie setzten sich auf die Reling und der Eisvogel fragte:

„Wer soll was sein? Wen meinst du?“

„Diesen Kahn hier. Er gehört dem Mann, den ich suche. Er ist ihm gestohlen worden. Ich frage mich nur, wo er selber steckt?"

„Ich hab ihn dort drüben am Flussarm gesehen", erklärte der Eisvogel. „Wahrscheinlich ist er mit dem Hund in eine andere Richtung gegangen. Er wird sein Schiff nicht gefunden haben."

Die Amsel überlegte:

„Nur die Unsichtbaren können die Schaluppe hierher gebracht haben. Hast du etwas von ihnen bemerkt?"

„Die Unsichtbaren? Etwa die grünen Männer, die manchmal ganz durchsichtig sind? Ich hasse sie. Zweimal schon haben sie mein Nest zerstört und dabei die Eier meiner Frau plattgedrückt."

„Grüne, durchsichtige Männer? Das müssen sie sein! Wieso haben sie dein Nest zerstört?"

„Weil sie unbedingt die Rinne zu dem Teich hier ausbaggern mussten. Ich hatte die Röhre für mein Nest in die Uferwand gegraben. Wie all die Jahre schon. Hier war es sicher."

„Sie brauchen einen Hafen. Wer weiß, was sie noch vorhaben", sagte die Amsel mehr zu sich selbst. Laut fügte sie hinzu: „Wo stecken die grünen Männer? Hast du eine Ahnung, wohin sie nach ihrer Arbeit gehen?"

„Sie verschwinden einfach", erwiderte der Eisvogel. „Manchmal hört man sie noch eine Weile, doch man sieht sie nicht mehr. Danach sind sie ganz weg."

„Und wenn sie kommen? Zu Beginn der Arbeit?"

„Ist es genauso. Sie sind einfach da. Man hört etwas, man sieht es flimmern, und schon machen sie einem das Nest kaputt."

Mehr konnte die Amsel nicht erfahren. Sie flatterte noch eine Weile zwischen den Büschen umher, drehte ein paar Runden über dem See und dem umliegenden Gelände, vermochte aber keine weitere Spur von Pet zu entdecken. Da sie nicht noch unnütz Zeit verlieren wollte, trat sie schließlich den Heimweg an.

ZWEI FREUNDE UND EIN PLAN

Der Zufall wollte, dass sich für den nächsten Tag der Eiserne Holzfäller in der Smaragdenstadt angesagt hatte. Zwischen dem Land der Zwinkerer, das er regierte, und dem der Käuer, das den Weisen Scheuch zum Herrscher erkoren hatte, gab es enge Handelsbeziehungen und der Eisenmann weilte zu einer Messe hier. Auf dem Gebiet der Holz- und sonstigen Naturprodukte, die ausgestellt wurden, war er Fachmann.

Tütüs Bericht beunruhigte den Scheuch. Dass sich die Banditen, die manchmal offenbar doch eine Gestalt hatten, in einem unzugänglichen Gebiet versteckt hielten, überraschte ihn nicht, er war im Gegenteil froh, sie dort vielleicht aufstöbern zu können. Doch wo war Pet Riva geblieben? Hatten ihn die Räuber etwa ein zweites Mal gefangen genommen?

„Der arme Pet“, seufzte der Eiserne Holzfäller, der den Fischer gut kannte und vom Scheuch gleich unterrichtet worden war, „mein Herz sagt mir, dass er Hilfe braucht. Wir müssen etwas unternehmen.“

Der Scheuch hatte von seinem mitfühlenden Freund keine andere Reaktion erwartet.

„Aber was?“, fragte er. „Niemand weiß, wohin die Banditen verschwinden.“

„Wir müssen den Tapferen Löwen benachrichtigen. Seine Spürnase wird uns helfen, die Unsichtbaren zu finden.“

Daran hatte der Scheuch auch schon gedacht. Anstatt Soldaten loszuschicken, die in der unwegsamen Gegend, von der Tütü berichtet hatte, in alle möglichen Hinterhalte geraten konnten, war es besser, sich selbst umzuschauen. Der König des Tierreichs, mit dem sie schon manches Abenteuer erfolgreich bestanden hatten, war dabei unersetzlich.

„Du meinst also, wir sollten uns selbst um Pet kümmern“, stellte er fest. „Wolltest du nicht die Messe besuchen?“

„Wenn Freunde in Not sind, muss alles andere zurückstehen“, erklärte der Holzfäller ernst.

Sie beschlossen, eine Schwalbe, den schnellsten Vogel in der Stadt, zum Löwen zu schicken.

Wenn sie sich mit ihm in der Nähe des Flussarms trafen, konnten alle viel Zeit sparen.

Am nächsten Morgen brachen die beiden Freunde auf. Da die Suche nach Pet Riva dauern konnte, hatte der Scheuch Din Gior die Regierungsgeschäfte übertragen. Tütü würde im Notfall eine Verbindung zwischen ihnen herstellen.

Der Holzfäller brauchte keinerlei Botschaft nach Hause zu schicken – er wollte sowieso ein paar Tage wegbleiben. Er hatte aber den ganzen Abend damit verbracht, seine Gelenke zu ölen. In der Gegend, die sie aufsuchen würden, gab es neben Sand und Gestein ja viel Sumpf und er musste darauf achten, dass er nicht einrostete.

Der Löwe konnte nicht vor dem Nachmittag am vereinbarten Treffpunkt sein, deshalb verzichteten sie auf eine Kutsche und gingen zu Fuß. Der Eiserne Holzfäller schritt kräftig aus, der Scheuch lief mal vor, mal hinter ihm und erläuterte seinen Plan.

„Wenn wir Pets Schiff gefunden haben“, sagte er, „suchen wir ein gutes Versteck und warten, bis die Unsichtbaren kommen.“

„Wie willst du sie denn erkennen, wenn sie nicht zu sehen sind?“, fragte der Holzfäller.

„Der Löwe wird sie schon riechen. Sie sollen ja auch Lärm machen und manchmal grünlich schimmern.“

„Na gut. Aber was tun wir, wenn wir sie vor uns haben?“

Der Scheuch hatte für dieses Problem gleichfalls eine Lösung ins Auge gefasst.

„Wir werden ein oder zwei von ihnen gefangen nehmen. Einerseits können wir sie gegen Pet austauschen, andererseits müssen sie uns ihr Lager verraten."

„Sollten wir sie nicht lieber beobachten und ihnen folgen?", fragte der Eisenmann.

„Das wäre die zweite Möglichkeit. Verhalten wir uns den Umständen entsprechend“, gab der Scheuch zur Antwort.

Am Fluss angelangt, hielten die beiden, um Kräfte zu sparen, nach einem Boot Ausschau. Sie fanden auch bald einen kleinen, gut für sie geeigneten Kahn.

Der Besitzer schien nicht in der Nähe zu sein und da es die Staatsangelegenheiten erforderten, hätten sie das Boot durchaus beschlagnahmen können. Aber der Scheuch wollte wenigstens eine Nachricht hinterlassen. Noch suchte er in den Taschen nach Papier und Stift, da tauchte vor ihm aus der Flut der Kopf eines schnurrbärtigen Pelztiers auf.

„Brix“, rief er erstaunt, „was treibt dich hierher? Willst du eine neue Burg bauen?“

Tatsächlich war es der Biber, ein guter Bekannter, der weiter oben am Fluss wohnte. Er brauchte aber kein neues Zuhause, sondern war auf Futtersuche. In dieser Gegend gab es besonders schmackhafte Wurzeln und Baumrinden.

Der Scheuch erklärte die Lage und Brix bot sofort Hilfe an.

„Ich gebe dem Fischer Bescheid, dem dieser Kahn gehört“, sagte er. „Ich kenne ihn. Wenn es um Pet Riva geht, würde euch jeder hier sein Boot borgen.“

„Willst du nicht mitkommen?“, fragte der Holzfäller. „Die Unsichtbaren sollen sich in einem Sumpfgebiet herumtreiben. Dort könntest du uns wertvolle Dienste leisten.“

Brix überlegte. Schließlich erklärte er:

„Das kommt alles ein bisschen überraschend. Wir erwarten Nachwuchs und ich muss mich um meine Frau kümmern. Wenn ihr mich dort wirklich braucht, wendet euch an meine Verwandten. Sie werden euch genauso beistehen.“

Sie verabschiedeten sich. Der Biber stieg an Land, um Rinden abzuschälen, die beiden Reisenden dagegen machten das Boot flott.

Nachdem sie noch einmal gewinkt hatten, steuerten sie die Flussmitte an.

„Erinnerst du dich an Chris Tall, Ellis Jungen?“, fragte der Scheuch. „Mit dem weißen Biberzahn, den wir damals von Brix bekamen, konnte er Hilfe herbeiholen, wo immer man war.“

„Natürlich erinnere ich mich“, erwiderte der Holzfäller. „Als es gegen das Seemonster ging, war das seine Rettung. Leider hat er den Zahn als Andenken mit nach Hause genommen.“

„Da kann man nichts machen, das war sein gutes Recht“, sagte der Scheuch.

Unter solchen Gesprächen ließen sie sich flussabwärts treiben. Sie hatten die Ruder ins Boot gelegt; der Scheuch saß am Bug, sein Freund bediente hinten das Steuer. Obwohl er diese Arbeit nicht gewohnt war, bugsierte der Holzfäller den Kahn geschickt um Sandbänke und Stromschnellen. Sie fuhren an Gehöften und Dörfern vorbei, ließen links das große Mohnfeld und rechts den sirrenden Kupferwald hinter sich. Schließlich gelangten sie zu jenem Seitenarm des großen Flusses, den Tütü erwähnt hatte. Hier gingen sie an Land, denn hier wollten sie auf den Löwen warten. Das Boot hatte etwas Wasser geleckt und beide hatten nasse Füße bekommen, was aber nur den Eisenmann störte.

DAS REICH DES ROTEN FÜRSTEN

Knacks stand mit Neunfuß in einer kleinen Felsenhöhle, die spärlich von einer einzigen Fackel erhellt war, und erst jetzt bemerkte der Hund einen älteren Mann in zerschlissenen Hosen und einer Jacke mit Silberlitzen. Offenbar hatte er die rettende Tür für sie geöffnet und auch wieder geschlossen.

„Darf vorstellen: Das Knacks, Hu...hund von Oberirdischen“, erklärte Nox Neunfuß, der Vielbeiner, „und das hier Rubex, Kammerdiener von Fürst.“

„Sehr erfreut“, murmelte Knacks. Er hatte Mühe, die Zusammenhänge zu verstehen.

„Rubex, der Getreue.“ Der Kammerdiener verneigte sich. „Wie kommen hierher?“

„Über die Treppe“, sagte Knacks. „Die Unsichtbaren haben Pet Rivas Schiff gestohlen, da sind wir ihnen gefolgt.“

„Schiff? Aha. Lange keins gesehen.“

Darauf wusste der Hund nichts zu antworten.

„Jetzt gehen zu Fürst.“ Der Kammerdiener setzte sich in Bewegung und Nox Neunfuß folgte ihm. Knacks schloss sich an. Was hätte er anderes tun sollen.

Sie durchschritten einen kurzen Tunnel, von dem links und rechts Türen abgingen. Die meisten standen offen, so dass Knacks in dunkle, mit einigen Möbeln ausgestattete, aber anscheinend unbewohnte Räume blicken konnte. Die größere Höhle, die sie dann betraten, machte gleichfalls einen verlassenen Eindruck. Der Boden war schmutzig, einige Leuchtsteine gaben ein dürftiges Licht. Dennoch war hier ehemaliger Glanz spürbar. Gelbliche, früher vielleicht goldfarbene Gobelins hingen an den Wänden und einige samtgepolsterte Stühle luden zum Sitzen ein.

In einer Ecke stand auf magerer Streu eine Ziege. Als sie die drei kommen sah, meckerte sie fröhlich. Rubex ging zu ihr, streichelte sie und gab ihr eine Wurzel zu knabbern, die er aus der Hosentasche zog.

„Unser Schatz“, sagte er. „Letztes Tier außer Nox. Gibt Milch und Freude.“

Knacks begriff, dass es um den Roten Fürsten, von dem Neunfuß gesprochen hatte, nicht gerade gut stehen konnte. Eine einzige Ziege – da war ja sein Herr mit Schafen, Kühen und Pferden ein König dagegen. Wenngleich man ihm die Kühe inzwischen gestohlen hatte.

Umso überraschter war der Hund, als sie in die nächste Höhle kamen. Dort war es richtig hell; man hatte offenbar die besten Leuchtsteine an den Felsen befestigt, die man finden konnte. Zusätzlich brannten noch Kienspäne.

Bei diesem Licht wuchs in der Ecke sogar dürftiges Gemüse. Knacks konnte es kaum glauben.

Ein kleiner Teil des Gewölbes war geradezu prunkvoll mit einem damastbezogenen Himmelbett und einem rubingeschmückten Thron ausgestattet. Es gab auch Schränke und mehrere Truhen.

Neben dem Thron saß auf einem Polsterhocker, ihnen mit dem Rücken zugewandt, der Fürst. Knacks begriff gleich, dass er es war, obwohl er noch sein Nachtgewand trug. Aber das lange weiße Hemd war mit Rubinen und einem Wappen verziert. An den Füßen trug der Mann blaue Filzschuhe und auf dem Kopf eine mit Brillanten geschmückte Kappe.

Der Kammerdiener hüstelte und der Fürst drehte sich um. Anscheinend hatte er durch eine Art Schießscharte irgendein Geschehen auf der anderen Seite der Felswand beobachtet.

„Aha, deshalb also Aufregung bei Bande drüben“, sagte er, als er die drei sah.

„Ja, sie haben Oberirdischen gefangen, doch nicht seinen Hu...hund“, erklärte Neunfuß.

„Hu...hund heißt du? Tier wie dich noch nie gesehen“, wunderte sich der Fürst.

Knacks war froh, die Sache richtigstellen zu können.

„Da hat mich Nox falsch verstanden. Ich bin kein Hu...hund, sondern kurz und knapp ein Hund und heiße Knacks. Von uns gibt es oben jede Menge.“

„War noch nie oben", seufzte der Fürst, „unten genug Probleme. Was will bei uns?"

Knacks erklärte es. Der Fürst hörte aufmerksam zu und sagte dann in seiner gebrochenen Sprache:

„Helfen dir schwer, du aber Gast Rotfürst. Kann nichts anbieten, zieh dir zu Ehren Hose an." Ohne sich zu genieren, legte er das Nachthemd ab und Knacks sah, dass er sehr mager war. Genau wie der Kammerdiener Rubex, der ihm nun in Hose und Jacke half. Die Kleidungsstücke waren mit Edelsteinen besetzt, schlotterten aber um den Körper des Fürsten.

Nox hatte sich hinter das Bett zurückgezogen und knabberte an einem Gemüsestrunk. Dabei setzte er seinen neunten Fuß, der ihm fast unterm Kinn saß, geschickt als Hand ein.

Wenn ich lange hier bleiben muss, werde ich verhungern, dachte Knacks. Er fragte:

„Gibt es aus deinem Reich keinen Weg nach oben?"

„Leider nur den, auf dem gekommen", erwiderte der Fürst. „Aber Geduld, Nox wird führen. Später." Er ging zu einem der Schränke, holte einen goldenen Pokal heraus und füllte ihn aus einem Fass neben dem Thron mit klarem Quellwasser. „Bitte trinken."

Obwohl Knacks das Wasser lieber aus einem Napf geschlappt hätte, bedankte er sich und leerte den Becher, indem er ihn recht und schlecht mit den Vorderpfoten festhielt. Erst jetzt merkte er, welchen Durst er hatte.

Danach wurde der Hund müde und schlief ein. Der Kammerdiener bettete ihn auf ein Kissen in einem alten Sessel und der Fürst wandte sich wieder seinem Beobachtungsposten zu.

„Stapeln Waffen, bauen Kampfwagen", murmelte er, „haben etwas vor. Hat bestimmt mit diesen Oberirdischen zu tun."

DIE GESCHICHTE DER UNSICHTBAREN

Neunfuß war wieder auf Pirsch gegangen, er wollte etwas über den Gefangenen herausbekommen. Knacks aber, als er erwachte, stellte tausend Fragen. Da der Fürst und sein Kammerdiener in ihrem bescheidenen Reich nicht gerade viel zu tun hatten, antworteten sie gern darauf. Mehr noch, sie waren sehr daran interessiert, dass jemand ihre Geschichte erfuhr, selbst wenn es nur dieses vierbeinige Wesen war. Der Hund hatte Mühe, alles zu verarbeiten, begriff jedoch, dass es sich hier um verwickelte Ereignisse von großer Tragweite handelte.

„Unsichtbare, wie du nennst", begann also der Fürst, „waren zunächst keineswegs unsichtbar. Stammen noch, genau wie wir, von Erzgräbern und Handwerkern der Zeit ab, als hier Sieben Unterirdische Könige regierten."

„Die Sieben Unterirdischen Könige?" Knacks, der erst ein paar Jahre alt war, hatte von ihnen noch nie gehört. Hätte er freilich den Scheuch oder auch Pet Riva danach gefragt, so hätten sie ihm sagen können, dass diese nichtsnutzigen Herrscher damals von ihrem Volk in einen langen Schlaf versetzt worden waren, damit sie wieder zu normalen Bürgern wurden. Danach verließen die Unterirdischen die Höhlen für immer, siedelten sich oben im Land der Käuer an.

Der Kammerdiener schaltete sich ein. Er erklärte, wer die Könige gewesen waren und wie es kam, dass die Höhlenbewohner nach oben umzogen. Dann fuhr er fort:

„Damals bei euch wohl alle geglaubt, es gibt unten niemanden mehr. In Wirklichkeit aber in abgelegenen Gewölben noch Leute geblieben. Gehörten zu Stamm, der Sonnenlicht gefürchtet und an alter Gewohnheit hing. Wurde von ehrgeizigem Krieger geführt – hat nur darauf gewartet, unterirdisches Reich zu übernehmen."

„Leben brachte dann freilich“, nahm der Fürst wieder das Wort, „weit mehr Schwierigkeit als vermutet. Ausgänge nach oben geschlossen, kein Handel mit Oberirdischen mehr und unten fehlte Spezialist für bestimmte Arbeit. Mehrzahl der Leute waren Jäger und Soldat. Zeit lang nährte sich Stamm von letztem Vorrat, dann zogen Jäger aus, um Drachen und Sechsfüßer zu fangen, die noch in entlegener Höhle hausten. Aber nicht jeder konnte teures Fleisch kaufen. Wurden selbst Arbeitstiere getötet. So kam es zum Streit um Lebensmittel und zu blutigem Kampf. Anführer, der blühende Zukunft versprochen und Stamm nun in Armut sah, fand nicht Mittel, Not zu lindern. Kam zuletzt bei Revolte ums Leben. Danach düster für Unterirdische.“

„Konnten sie den anderen denn nicht trotzdem an die Oberfläche nachfolgen?“, fragte Knacks.

Der Fürst überlegte.

„Ich damals sehr jung“, gab er zur Antwort, „aber erinnere mich, dass wir zu stolz dazu. Wollten Fehler nicht zugeben.“

„Gab auch anderen Grund“, ergänzte Rubex, „denn Stamm hatte in dieser schwierigen Lage noch einmal Glück. Krieger kam zur Macht, der mutig und gerecht. Durch strenges Regieren hat dafür gesorgt, dass Lebensmittel, die noch vorhanden, rationiert und gleichmäßig verteilt. Vor allem aber suchte nach Wegen, Elend zu mildern. Schickte alle verfügbaren Leute aus: nach Pilzen, essbaren Wurzeln und Moosen.“

Knacks ging nun richtig mit und kläffte anerkennend:

„Ein guter Mann. Den hätte ich gern kennen gelernt.“

„Steht vor dir“, erwiderte der Kammerdiener und wies auf den Roten Fürsten. „Wenn auch, genau wie ich, alt geworden.“

Der Fürst sah die Enttäuschung des kleinen Hundes und murmelte:

„Hast Recht, jetzt ich nur noch alter machtloser Mann.“

„Nein, nein, so darfst du nicht denken“, sagte Knacks schnell.

„Ist schon so. Hör aber weiter. Krieger zogen also los und fanden nicht nur Gemüse. Auch Ziegen, verwildert, die früher durch Handel mit Oberirdischen hergekommen. Wir schlachteten nicht, sondern brachten sie Bauern, die Zucht machten. Legten Pilz- und Gemüsegärten an, so dass Lage langsam besser wurde."

„Wegen rotem Wams und Rubin im Schild mein Herr Roter Fürst genannt", berichtete der Kammerdiener weiter. „Unser Stamm einige Jahrzehnte in Frieden. Dennoch war Leben kein bisschen beneidenswert. Hielten uns über Wasser, trotzdem überall Mangel. Außerdem störte manchen strenge Ordnung. Vielleicht alles wäre dennoch gut gegangen und wir hätten Besserung erreicht, wäre nicht sonderbares Ereignis eingetreten."

Der Kammerdiener machte eine Pause und Knacks, der es nicht erwarten konnte, japste: „Was für ein Ereignis denn?"

Der Fürst musste lächeln. Anstelle von Rubex erwiderte er:

„Ein Erzgräber, auf Suche nach Pilzen, hat unvermutet Entdeckung gemacht. In verlassenem Stollen, wo früher Smaragde abgebaut, sprudelte plötzlich grünlicher Quell. Mann hatte großen

Durst und im Finstern Farbe nicht bemerkt. Trank davon. War furchtbar verblüfft, als Freund draußen ihn nicht sehen konnte.

„Aha, jetzt dämmert's langsam bei mir", wuffte Knacks.

„Dämmert, na gut", erwiderte der Fürst. „Beide jedenfalls schrecklich erschrocken und dauerte viel Zeit, bis begriffen, was passiert. Erzgräber von Quelle getrunken, die unsichtbar macht. Zauberquelle, früher dort nichts."

„Das ist wie bei uns mit dem Drachenkönig", erklärte Knacks aufgeregt. „Erst gab es ihn gar nicht, doch dann war er da und richtete schlimmes Unheil an."

Der Fürst ließ sich nicht von seinem Bericht abbringen.

„Entdeckung wurde mir gemeldet und nachdem ich persönlich Richtigkeit überprüft, ließ Stollen sofort sperren. Befahl auch Stillschweigen, weil Bedeutung der Angelegenheit erkannt. Aber Geheimnis ist so Sache. Hätte wissen müssen, dass solche Dinge nicht unter Decke zu halten. Dauerte nicht lange und wildestes Gerücht über grünes Wasser ging um."

„Das kann ich mir denken", rief Knacks aus.

Der Fürst wiegte den Kopf.

„Zu der Zeit ich schon älter, wollte Macht an Vertrauten übergeben, der jung und klug. Aber anderer Mann am Hof, bestraft für Fehler, sah seine Chance. Hatte Krieger um sich geschart, die unzufrieden. Als er von Quelle gehört, wusste er, was zu tun."

„Und ob er's gewusst", bestätigte Rubex, der einige Zeit geschwiegen hatte. „Redete Getreuen ein, dass nur Zauberquelle besetzt werden muss, um zu siegen. Bei Nacht gelang das auch. Wächter am alten Stollen ahnungslos."

„Sind dann bei mir eingedrungen, waren unsichtbar, hatten leichtes Spiel mit Wachen", setzte der Fürst fort. „Erschlugen Diener, enthaupteten meinen Nachfolger. Führer von Verschwörung rief sich zum Herrscher aus. Nennt sich nun Grüner Fürst."

„Was für ein Banditenpack!“ Knacks war zutiefst empört.

„War mit diesen Maßnahmen natürlich nicht getan“, sagte der Fürst, „mussten noch meine Anhänger besiegt werden. Die jedoch waren gegen Unsichtbare vornherein verloren. Feinde rechneten grausam mit allen ab, die mir treu, deshalb erließ ich Aufruf, sich von mir loszusagen. Dass ich am Ende nicht gemordet, sondern mit Rubex geflohen, ist Neunfuß zu verdanken, treuem Haustier.“

„Nox hat uns Leben gerettet“, unterstrich der Kammerdiener. „Gibt nur noch wenig von seiner Art und er schon als Baby bei uns.“

„Zuerst hatte ich Angst vor ihm“, gab Knacks zu, „aber jetzt glaube ich durchaus, dass er ein feiner Kerl ist.“

„Nox war entkommen“, berichtete der Kammerdiener. „Ist zu grüner Quelle geschlichen, die anfangs noch schlecht bewacht. Hat getrunken. Hat auch Flasche mit Wasser zu uns gebracht. Konnten so unsichtbar werden und fliehen. In altes Quartier des früheren Herrschers. War vor Jahren. Hier sicher, Feinde können nicht erobern. Aber wir auch eingesperrt. Haben nur wenig Nahrung, sind bald ganz am Ende.“ Er seufzte tief.

Angesichts solcher Verzweiflung musste Knacks einfach Trost spenden.

„Ihr dürft nicht aufgeben“, sagte er, „bestimmt wird noch alles gut werden. Die Unsichtbaren haben einen Fehler gemacht, als sie Pet Rivas Schiff stahlen und ihn gefangen nahmen. Glaubt mir, meine oberirdischen Freunde werden uns suchen und befreien. Sie sind klug und sehr stark.“

„Das leider nicht so einfach, mein Kleiner“, murmelte der Fürst. Aber man sah, dass ihm und seinem Diener die Worte des Hundes wohl taten.

EIN HINTERLISTIGER ANGRIFF

Der Weise Scheuch und der Holzfäller warteten schon eine ganze Weile auf den Tapferen Löwen. Während der Eisenmann aber die Ruhe behielt und, am Fuß eines Baumes sitzend, mit Gras seine nass gewordenen Füße trocken wischte, lief sein Freund unruhig hin und her.

„Der Löwe müsste längst da sein“, murmelte er, „wann kommt er denn endlich?“ Schließlich hielt er es nicht mehr aus und entfernte sich ein Stück, um einen Hügel zu besteigen. Von dort hatte er eine bessere Sicht.

Der Hügel war von stachligen Büschen überwuchert, so dass der Scheuch Mühe hatte, voranzukommen. Als er es dennoch fast geschafft hatte, hielt ihn unvermutet etwas an der Jacke fest.

„Überall diese Dornen“, schimpfte der Scheuch und versuchte sich loszureißen. Da es nicht gelang, griff er nach hinten und drehte sich gleichzeitig um. Was er sah, ließ ihn vor Schreck erblassen.

Ein Tier, größer als er, gelblich, mit einem Schuppenpanzer, vorstehenden Augen und Scherenpfoten, hatte ihn gepackt und zog ihn zu sich heran.

„Lass mich los, was willst du von mir?“, rief der Scheuch.

„Dich fressen, was sonst? Schließlich treibst du dich auf meinem Berg herum.“

„Dein Berg soll das sein? Das wusste ich nicht“, stammelte der Scheuch. „Trotzdem, das mit dem Fressen schlag dir aus dem Kopf. Du hast nichts davon. Ich bestehe nur aus Stroh und habe Nadeln im Kopf, an denen du dir das Maul zerstichst.“

Das Scherentier, ein riesiger Krebs, ließ sich davon nicht beeindrucken.

„Nadeln machen mir nichts aus, ich zerbreche sie. Falls du aber wirklich aus Stroh bist, zerschneide ich dich umso leichter. Ich zerteile dich, ritsch-ratsch, in kleine Stücke."

„Hilfe, zu Hilfe!", schrie der Scheuch, so laut er konnte. „Holzfäller, komm her und rette mich!"

„Holzfäller?", fragte der Krebs. „Hat er eine Axt?"

„Und ob er eine hat. Gegen ihn bist du machtlos. Er und seine Axt sind aus Eisen. Er zertrümmert dir den Panzer."

Der Krebs schien unschlüssig.

„Ach was", murmelte er dann, „ich nehm dich mit in meine Höhle, dort kann er mir gar nichts."

Erst jetzt bemerkte der Scheuch, dass sie sich direkt vor einer Höhle befanden, in die sich der Krebs, rückwärts gehend, mit dem Hinterteil schob. Er selbst wurde mitgezogen, so sehr er sich auch stemmte und am Gebüsch festhielt.

Der Scheuch sah sein letztes Stündlein gekommen, doch plötzlich ertönte ein gewaltiges Gebrüll und ein gelber Blitz fegte durchs Gesträuch hügelaufwärts. Der Krebs zuckte zusammen und lockerte den Griff. Das nutzte die Strohpuppe, um sich loszureißen. Bloß einen Stofffetzen ließ sie in den Scheren zurück. Mit einem Sprung war sie außer Reichweite des Räubers.

Der Krebs gab ein Gurgeln von sich, das so empört klang, als wäre ihm das größte Unrecht geschehen. Er kroch nun ganz und gar in die Höhle, die eng war und seinen Körper fast umschloss. Nur die Scheren guckten kampfbereit ein Stück heraus.

„Ist alles in Ordnung, Scheuch?“, rief der Tapfere Löwe und stellte sich schützend vor ihn.

„Ja, aber es war knapp. So ein hinterhältiges Biest.“

„Ich beiß ihm die Scheren ab.“ Der Löwe schlug mit den Tatzen danach. Die Scheren waren allerdings sehr hart und er konnte nichts ausrichten.

Der Eiserne Holzfäller kam angekeucht.

„Was ist denn passiert?“, wollte er wissen.

Der Scheuch erklärte die Lage. Seine Stimme zitterte noch, aber er fasste sich schon wieder.

„Da hätte Pet Riva beinahe vergeblich auf uns gewartet“, schloss er.

„Ich werde dieses Schalenvieh aus der Höhle zerren und selber auffressen“, drohte der Löwe. „Los, hack ihm die Scheren ab, Holzfäller.“

Der Eisenmann beruhigte ihn.

„Dem Scheuch ist ja zum Glück nichts geschehen, und wenn es sein Hügel ist, hat dieses Tier ein Recht, hier zu jagen.“

„Sehr richtig“, grummelte der Krebs.

„Du mit deinem ewigen Mitgefühl“, knurrte der Löwe. „Und alles nur, weil dir der alte Goodwin damals ein Herz geschenkt hat.“

„Wir sind ja sehr froh, dass du so ein gutes Herz hast“, stellte der Scheuch richtig, „aber der Krebs hat mich immerhin zu Tode erschreckt und auch meine Jacke zerrissen. Als ich ihm erklärte, dass ich keine Beute für ihn bin, wollte er mich trotzdem zerschneiden. Zumindest schuldet er uns etwas."

„Ich schulde euch gar nichts", murrte der Krebs. „Ihr seid unbefugt hier eingedrungen."

„Unbefugt? Ich wollte nur Ausschau nach meinem Freund halten. Im Zauberland kann jeder überall hingehen."

Sie stritten eine Weile. Schließlich sagte der Holzfäller, der vom Krebs noch am ehesten akzeptiert wurde:

„Also gut, wir verlassen deinen Hügel wieder. Aber wir suchen die Unsichtbaren. Weißt du etwas über sie?"

„Unsichtbare? Nie gesehen", erwiderte der Krebs.

„Natürlich hast du sie nicht gesehen", sagte der Scheuch, „sonst hießen sie ja nicht so. Aber vielleicht sind dir irgendwelche grünen Schattengestalten aufgefallen?"

„Nein. Ich kümmere mich nur um mich und meine Beute."

„Das ist nicht gerade klug von dir", tadelte der Holzfäller. „Man muss sich auch für das interessieren, was sonst um einen herum vorgeht."

Der Krebs nahm die Belehrung hin, ohne Einsicht zu zeigen, und den Freunden blieb nichts anderes übrig, als wieder zum Fluss hinabzuklettern. Erst dort fanden sie Zeit für eine herzliche Begrüßung.

Es stellte sich heraus, dass der Löwe gerade angekommen war, als der Scheuch sich zum Hügel aufmachte. Hätte die Strohpuppe ein wenig Geduld gehabt, wäre ihr das Missgeschick mit dem Krebs nicht passiert.

„Steigen wir wieder ins Boot", sagte der Scheuch, nachdem er sich bei seinen Freunden für die Rettung bedankt hatte. „Rudern wir den Flussarm hinauf bis zu der Stelle, die Tütü uns beschrieben hat. Dort beginnt unsere Suche erst richtig."

Sie machten den Kahn wieder flott, für den der Löwe aber zu schwer war. Schon der Eisenmann hatte das Boot ziemlich tief ins Wasser gedrückt.

„Dann laufe ich eben“, erklärte die Raubkatze, „das ist mir sowieso lieber. Wir bleiben in Sichtweite.“

Genauso geschah es. Holzfäller und Scheuch ruderten dem Gebiet der Unsichtbaren entgegen – der Löwe folgte ihnen am Ufer, wobei er die beiden im Auge behielt.

Nach einer Weile erreichten sie den von Tütü erwähnten See. Tatsächlich sahen sie Pets Schiff am Ufer liegen. Der Scheuch und der Holzfäller sprangen an Land und versteckten ihr Boot unter tief herabhängenden Weidenzweigen. Vorsichtig näherten sie sich der Schaluppe. Da alles still blieb, die Unsichtbaren nicht zu hören waren, fragte der Scheuch leise den Löwen:

„Riechst du schon etwas?“

„Schweiß, Leder, Weindunst – sie waren hier.“

„Kannst du ihre Spur verfolgen?“

„Ich will's versuchen“, entgegnete der Tapfere Löwe.

Über einen schmalen und feuchten Wiesenstreifen gelangten sie auf steiniges Gelände mit mehreren Erhebungen. Der Löwe lief schnuppernd im Kreis und sagte dann:

„Schluss und vorbei. Hier endet die Spur.“

„Das ist unmöglich“, murmelte der Holzfäller. „Auch wenn sie unsichtbar sind, sie können sich nicht in Luft auflösen.“

„Im Zauberland geht selbst das“, erwiderte weise der Scheuch.

Der Abend brach herein und sie beschlossen, sich ein Plätzchen zum Ausruhn zu suchen. Hinter einigen Steinen fand sich ein gutes Versteck. Der Löwe, der den ganzen Tag gelaufen war, schlief sofort ein. Auch der Scheuch, auf ein Laublager gebettet, begann leise zu

schnarchen, während der Holzfäller die erste Wache übernahm. Später lösten sie einander ab, doch erst gegen Morgen geschah etwas. Mit einem Knirschen schob sich ihnen direkt gegenüber ein großer Felsblock auseinander.

Der Löwe sah es zuerst und glaubte seinen Augen nicht zu trauen. Es dauerte einige Sekunden, bis er begriff, dass sich vor ihm soeben ein weites Tor geöffnet hatte.

Er duckte sich wieder ins Versteck und weckte seine Freunde.

„Ich glaube, jetzt passiert's."

„Was denn, was ist los, wo sind wir?" Sowohl der Holzfäller als auch der Scheuch hatten Mühe, sich zurechtzufinden.

„Na was schon? Die Unsichtbaren kommen!"

„Die Unsicht ... natürlich." Der Scheuch begann zu verstehen.

Als der Holzfäller endlich gleichfalls begriffen hatte, waren die fremden Männer schon aus dem Tor getreten. Ein Trupp grob gekleideter Gestalten mit Pferden und Wagen. Und nun ereignete sich etwas Sonderbares. Die Männer holten große Flaschen aus ihrem Gepäck, bespritzten Pferde und Wagen mit irgendwelchem Wasser, tranken dann selber. Kurz danach fingen sie, ihre Gerätschaften und Tiere, grünlich zu flimmern an, wurden durchsichtig. Bis der gesamte Tross total verschwunden war. Nur an ihren Schrit-

ten, dem Hufgetrappel und dem Räderknarren hörte man, dass sie sich entfernten.

„Habt ihr das gesehen?“, knurrte der Löwe. „So verhält es sich also mit den Unsichtbaren.“

„Sie trinken von einem Wasser, das sie und alles andere ins Nichts entführt“, murmelte der Scheuch.

„Sie sind Menschen aus Fleisch und Blut, vielleicht sogar mit einem richtigen, wenn auch bösen Herzen“, fügte der Holzfäller hinzu. „Sie haben nur einen besonderen Trick.“

„Ob das Zauberwasser aus dem Felshügel vor uns stammt?“, überlegte wieder der Scheuch, „ich habe noch nie von so einer Sache gehört.“

„Wir werden es herausbekommen“, erklärte zuversichtlich der Löwe. „Das Tor ist zugegangen. Versuchen wir den Schlüssel zu finden, der es wieder öffnet!“

Zweiter Teil
Das Zauberwasser

DIE RUTSCHPARTIE

Betty Strubbelhaar, die Frau des Weisen Scheuch, kam aus dem Staunen nicht heraus. In der Menschenwelt existierten Dinge, an die sie im Traum nicht gedacht hätte. Die vielen schnellen Autos, die Flugzeuge, riesige Häuser und Fabriken – es war schon verblüffend. Andererseits wunderte sie sich aber auch, dass es vieles nicht gab, was im Zauberland selbstverständlich war: Feen und Hexen zum Beispiel, wandernde Bäume, Drachen und Waldmonster, sprechende Tiere.

Vor allem die Unterhaltung mit den Tieren vermisste sie während ihres Besuchs bei ihrer Freundin Jessica, der Enkelin von Großvater Goodwin.

„Wie verständigt ihr euch denn mit euren Pferden und Hunden, wenn die kein Wort sagen können?“, fragte die Prinzessin.

„Sie geben ja Laute von sich, sie wiehern oder bellen“, erwiderte Jessica etwas verlegen.

„Ja und? Kannst du etwa wiehern und bellen?“

„Natürlich nicht“, sagte Jessica, „aber wir spüren schon, ob es den Tieren gut oder schlecht geht.“

„Das ist zu wenig“, erklärte Betty entschieden.

Sie waren zu einem Ausflug in die Großen Tropfsteinhöhlen aufgebrochen, die Jessica ihrer Freundin unbedingt zeigen wollte. Gemeinsam mit einem Führer und einer Gruppe Touristen sahen sie sich die gelben, roten und grünen Steinzapfen an, die von der Decke hingen. Da Betty jedoch immer wieder auf die Tiere zu sprechen kam, diskutierten sie hauptsächlich und blieben hinter der Gruppe zurück. Plötzlich waren die Touristen samt Führer verschwunden.

„Wo sind sie hin?“, fragte Jessica aufgeschreckt.

„Hab ich nicht gesehen. Wahrscheinlich den Gang da drüben entlang.“

„Schnell hinterher, sonst verlaufen wir uns noch."

Sie rannten los, mussten aber bald feststellen, dass es der falsche Weg war. Kein Mensch zu entdecken, und der Gang führte weiter nach unten.

Sie begannen um Hilfe zu rufen, doch nur das Echo hallte dumpf von den Wänden wider.

„Wir müssen umkehren, dürfen nicht noch tiefer hinab“, sagte Jessica, „bestimmt ist die Gruppe weiter hinten abgebogen.“

Sie liefen zurück, bogen ab und kannten sich bald gar nicht mehr aus. Zumal es nun stockdunkel war. Betty blieb stehen.

„So kommen wir hier niemals raus.“

„Aber was sollen wir machen?“

Das konnte die Prinzessin auch nicht sagen. Sie setzte sich erschöpft auf einen Stein.

Unvermittelt rumorte es hinter ihnen, ein Aufstöhnen ging durchs Gewölbe. Gestein prasselte herab.

„Da stürzt was ein!“, rief Jessica erschrocken. Sie zog Betty wieder hoch und beide sprangen zurück. Keinen Augenblick zu früh, denn tatsächlich sausten an der Stelle, wo sie soeben noch gewesen waren, große Geröllbrocken herunter. Erde rutschte nach und Staub wirbelte auf.

Als er sich gelegt hatte, merkten sie, dass der Rückweg endgültig versperrt war.

„Nun haben wir gar keine Wahl mehr, wir können nur noch nach vorn“, murmelte Jessica.

„An all dem bin ich schuld. Hätte ich nicht so auf dich eingeredet ...“, sagte die Puppe.

„Nein, es liegt an mir. Warum musste ich dir unbedingt diese blöden Höhlen zeigen.“

Sie wollten beide die Schuld auf sich nehmen, doch nach einer Weile erklärte Betty:

„Hören wir auf damit. Wir können froh sein, dass uns der Erdrutsch nicht erwischt hat. Wir haben schon schwierigere Situationen überstanden, denk doch nur an den Kampf mit der falschen Fee. Also werden wir es auch hier schaffen.“

Sie tasteten sich langsam vor und erneut ging es abwärts. Der Boden war jetzt glatt und glitschig. Zu ihrer Überraschung stieß Bettys Fuß an Blech. Ein paar große Schüsseln lagen herum.

„Jedenfalls waren hier schon mal Menschen", stellte Jessica fest, „Arbeiter vielleicht."

„Das bringt uns bloß nichts", sagte Betty. „Na egal, komm jetzt weiter." Sie machte einen Schritt, rutschte aus und saß unvermutet in einer der Schüsseln, die sich sofort scheppernd in Bewegung setzte. „Nimm dir auch so ein Blechding", rief sie. „Das geht besser als Laufen."

Jessica setzte sich in eine zweite Schüssel, stieß sich, einem Rodler gleich, mit beiden Händen ab und kam so in Fahrt, dass sie fast mit Betty zusammenprallte. Die Schüsseln rumpelten, schwankten, drehten sich und die beiden hatte alle Mühe, nicht herauszufallen. Andererseits hatte Wasser den Boden ausgehöhlt und sie schlitterten wie auf einer Bobbahn dahin.

Endlich wurde es wieder eben und ihre „Schlitten" blieben stehen. Die beiden erhoben sich. Es war sehr dunkel, nur fauliges Holz – oder waren es schimmernde Steine? – gaben etwas Licht. Zum Glück hatte Jessica Streichhölzer mit. Sie strich eins an und leuchtete den Stollen aus. Doch der war an dieser Stelle zu Ende. Eine größere Höhle lag vor ihnen, in deren Mitte träge ein breiter unterirdischer Bach dahinfloss.

„Das hat uns gerade noch gefehlt", sagte Jessica. „Offenbar müssen wir schwimmen, wenn wir diese Höhle verlassen wollen."

„Du kannst es ja versuchen", murmelte Betty. „Wir Puppen verstehen uns leider nicht darauf."

An den Wänden hingen, zum Teil vertrocknet, Flechten.

„Schaun wir uns erst mal ein bisschen um", schlug Jessica vor. Sie hielt ein brennendes Streichholz an die abgestorbenen Pflanzen, die sofort Feuer fingen. Die Flammen krochen zur Decke empor, sprangen nach links und rechts. Schon nach wenigen Minuten zierte ein lodernder Teppich die Felswand.

Die Freundinnen wichen ans Wasser zurück.

„Jetzt haben wir wenigstens Licht und können uns wärmen", seufzte Jessica.

Betty ließ den Blick durch das Gewölbe gleiten.

„Du hast Recht. Dieser Bach scheint wirklich der einzige Weg aus der Höhle zu sein", seufzte sie.

„Wenn du nicht schwimmen kannst, bauen wir eben ein Floß", erklärte Jessica. „Hier liegt Schwemmholz. Wir binden es mit Flechten zusammen."

Die Prinzessin nickte.

„Das könnte vielleicht klappen."

„Du musst dich bloß gut festhalten", sagte Jessica.

„Ich will's versuchen, wir haben keine andere Wahl." Betty nahm all ihren Mut zusammen. Dann fuhr sie fort: „Einige trockene Flechten sichern wir uns auch. Wir machen Büschel daraus, die können wir als Fackeln verwenden."

Sie gingen ans Werk, suchten Stangen und Bretter, fügten sie mit Hilfe der Lianen aneinander. Am Ende hatten sie tatsächlich eine Art Floß gebastelt, das sie zu Wasser bringen konnten. Um das Gleichgewicht zu halten, mussten sie sich hinsetzen.

Sie überließen sich der Strömung, trieben im Dunkeln dahin. Mitunter stießen sie sich an der tief herabreichenden Decke fast die Köpfe oder liefen Gefahr, irgendwelche aufragenden Klippen zu rammen.

Der Bach, zwischen Steinwänden eingezwängt, wurde schmaler, floss immer schneller dahin. Unvermittelt eckten sie an, wurden gedreht und gerieten in einen Strudel. Betty verlor das Gleichgewicht. Sie plumpste ins Wasser, erwischte gerade noch mit einer Hand den Floßrand.

„Lass nicht los“, rief Jessica, „ich zieh dich raus!“ Sie griff nach dem Arm der Freundin, wäre aber beinahe selbst in den Bach gestürzt. Immerhin bekam sie Betty zu fassen. Die eine auf dem Floß, die andere gerade mal mit dem Kopf über Wasser, sausten sie dahin, bis die Strömung endlich schwächer wurde. Eine weitere Höhle tat sich auf – oder mehr noch: Unter der Gewölbedecke schien sich ein ganzes Tal hinzustrecken.

Betty bekam Boden unter die Füße und zog das Floß an Land. Sie war völlig durchnässt und warf sich erschöpft in das Moos, das hier wuchs. Jessica, gleichfalls nass geworden, prüfte als erstes ihre Streichhölzer. Zum Glück zündeten sie noch. Auch einige Flechten, obwohl angefeuchtet, brannten schließlich qualmend. In ihrem flackernden Schein sammelte das Mädchen etwas Schwemmholz und brachte ein Feuer zu Stande, an dem sie sich aufwärmen konnten.

„Das ist gerade noch gut gegangen“, sagte Betty nach einer Weile, „aber diesem ekligen Bach möchte ich mich kein zweites Mal anvertrauen.“

„Jetzt können wir ja zu Fuß weitergehen“, stimmte Jessica zu. „Wir nehmen so viele Fackeln wie möglich mit. Irgendwann werden wir eine Treppe nach oben finden.“

DAS TOR IN DIE TIEFE

Die Freunde tasteten die Wand ab, die sich längst wieder geschlossen hatte, und der Scheuch fand den Knopf als erster. Man musste in eine Steinritze greifen. Eine perfekte Tarnung.

Ein Knirschen im Granit, ein Rumoren und der Fels öffnete sich. Genauer gesagt, rollte ein gewaltiger Stein zur Seite.

„Fantastisch", murmelte der Scheuch, „das Tor in die Tiefe! Das gab es bei den Sieben Unterirdischen Königen noch nicht."

„Du glaubst, die Banditen haben etwas mit den Sieben Königen zu tun?", fragte der Eiserne Holzfäller erstaunt. „Die haben ihr Reich doch längst verlassen."

„Stimmt. Es ist schon unzählige Jahre her, dass sie und ihr Volk auf die Erdoberfläche übergesiedelt sind und wir die Höhleneingänge verschlossen haben. Die liegen auch ein ganzes Stück weiter weg. Trotzdem ..."

„Reden wir nicht lange, schauen wir uns die Sache an, vielleicht klärt sich die Frage dann von selbst." Wie üblich war der Löwe der Ungeduldigste.

Ein breiter und hoher Tunnel lag vor ihnen, führte ziemlich steil nach unten. Spuren von Hufen und Wagenrädern waren zu sehen. Erleuchtet war dieser Gang durch Fackeln, die an den Wänden in Steinspalten steckten. Der Scheuch und der Eiserne Holzfäller griffen danach.

Das Tor hatte sich hinter ihnen geschlossen und die drei schritten bergab.

Sie versuchten leise aufzutreten, was für den Scheuch und den Löwen kein Problem war, den Holzfäller aber sehr anstrengte. Schließlich wurde aus dem Tunnel ein Labyrinth von Gängen. Die Freunde waren auf der Talsohle angelangt.

„Das verzweigt sich ja nach allen Richtungen“, stellte der Scheuch leise fest. „Auch unser Weg scheint sich hier zu gabeln. Nach welcher Seite wollen wir gehen?“

Der Löwe versuchte Witterung aufzunehmen.

„Die mit den Pferden sind von rechts gekommen“, erklärte er, „schaun wir uns zunächst dort um.“

„Glaubst du, dass es hier unten viele von diesen unsichtbaren Banditen gibt?“, fragte der Holzfäller.

„Keine Ahnung. Platz scheint jedenfalls genug da zu sein.“

Sie wandten sich nach rechts und stießen auf eine Höhle, die als Lebensmittellager diente. Weinfässer und Kisten waren gestapelt, Getreide häufte sich in den Ecken, an starken Haken hingen Schweine- und Rinderhälften.

„Ein Vorratsraum!“ Der Löwe schielte sehnsüchtig nach den großen Fleischstücken.

„Wahrscheinlich haben sie das alles unseren Bauern und Händlern gestohlen“, sagte der Scheuch.

„Trotzdem läuft mir das Wasser im Mund zusammen. Schließlich bin ich seit gestern früh unterwegs, ohne mir die Zeit für einen Bissen zu gönnen.“

„Uns jetzt mit Essen aufzuhalten, ist gefährlich“, wandte der Holzfäller ein. „Erst müssen wir Pet Riva finden.“

Sie liefen weiter. Einer der Eingänge führte zu einem Pferdestall. Obwohl der Löwe sich nur kurz an der Tür zeigte, begannen die Tiere zu wiehern und unruhig mit den Hufen zu stampfen. Wächter oder Stallburschen waren allerdings nicht zu entdecken.

„Diese Räuberbande scheint größer zu sein, als wir dachten“, brummte der Scheuch. „Sie haben eine Menge Pferde.“

Ein Rattern wurde hinter ihnen laut. Die Freunde drückten sich in einen Seitengang. Zwei Männer in Lederkluft schoben einen Karren mit Weinfässern vor sich her.

„Die kommen uns gerade recht, die schnappen wir uns“, flüsterte der Löwe.

„Und wenn sie sich unsichtbar machen?“, fragte der Eiserne Holzfäller.

„Dazu werden sie keine Zeit haben.“ Der Löwe setzte schon zum Sprung an.

Doch nun geschah etwas Unvorhergesehenes. Ein Fass rollte vom Karren, polterte mit Getöse gegen die Wand und brach auseinander. Ein Schwall Wein ergoss sich nach allen Seiten.

Statt anzugreifen, waren die drei verblüfft zurückgewichen. Zum Glück ging das Scheppern, das der Holzfäller dabei verursachte, im allgemeinen Krawall unter.

„Ochse, du!“, brüllte einer der Kerle. „Hast Fass verloren! Wein für Fürst.“

„Wieso ich?“, schrie der andere. „Du hast Fuhre geladen. Deine Schuld!“

„Nicht meine, deine!“ Der erste Mann versetzte dem zweiten einen Stoß vor die Brust.

Ein Handgemenge begann. Der zweite Bandit nahm den ersten in den Schwitzkasten, bekam aber einen Tritt ans Bein und stieß mit dem Hintern gegen den Karren. Ein weiteres Fass krachte herunter. Es blieb zwar ganz, rollte dem ersten Kerl jedoch über den Fuß, so dass er ihn in die Hände nahm und laut fluchend herumhüpfte. Der andere, plötzlich ernüchtert, rief:

„Schluss. Machen alles nur schlimmer!“

Dem Scheuch und dem Löwen war Wein über die Füße gelaufen. Während sich die Strohpuppe aber nichts aus solchem Getränk machte und nur beiseite sprang, leckte die Raubkatze ihre Tatzen mit Genuss ab. Sie begann sogar, ungeachtet des Streits der Unterirdischen, die Flüssigkeit vom Boden zu schlappen.

„Was tust du da?“, zischte der Scheuch. „Los jetzt, das ist die beste Gelegenheit, Gefangene zu machen.“ Er trat aus dem Versteck hervor, baute sich vor den Räubern auf und rief: „Ergebt euch, ihr zwei, ihr seid verhaftet!“

Verblüfft schauten die Männer auf die Strohpuppe mit dem spitzen Hut. Bestimmt wären sie in Lachen ausgebrochen, hätten sich nicht der Holzfäller mit seiner Axt und vor allem der Tapfere Löwe dazugesellt. Kaum hatte er den Rachen aufgerissen, begannen sie an allen Gliedern zu zittern. Sie hatten so ein Ungetüm noch nie gesehen.

„Wer ihr ... Woher ...“, stammelten sie.

„Das ist jetzt unwichtig“, erwiderte der Scheuch. „Wir suchen jemanden, der bei euch sein muss. Einen alten Freund, dem ihr das Schiff gestohlen habt.“

„Kein Schiff, nicht wissen“, stotterte einer der Männer und versuchte den Karren zwischen sich und die drei zu bringen.

„So, ihr wisst nichts?“, fauchte der Löwe. „Dann will ich euch mal auf die Sprünge helfen.“ Er hob drohend die Tatze.

Der andere Bandit, der näher zu dem Vierbeiner stand, stotterte:

„W...wir nur zuständig für W...wein. Aber hab Fremden gesehn. Gefangen. Ist hier eingedrungen. M...mit kleinem Tier."

„Bestimmt sind sie das." Der Scheuch war gleich ganz aufgeregt. „Das kleine Tier könnte der Hund sein, von dem Tütü gesprochen hat."

„Wo ist der Fremde jetzt? Wo habt ihr ihn hingebracht?", fragte der Holzfäller.

„Tier weggelaufen. Mann, weiß ich nicht."

Der Löwe gab ein Fauchen von sich.

„Du weißt es schon. Rede!"

„V...vielleicht Gefängnis. Felsenburg von Grünfürst."

„Es gibt also eine Burg mit einem Fürsten hier unten", stellte der Löwe fest. „Offensichtlich der Anführer dieser Bande. Wir werden ihm auf den Pelz rücken."

„Und ihr zeigt uns, wo die Burg und das Gefängnis sind", fügte der Eiserne Holzfäller hinzu.

„Aber seid leise und versucht keine Tricks", ergänzte der Scheuch.

Damit niemand Verdacht schöpfte, schoben sie den Karren in den Seitengang. Der Löwe, der noch mehr Durst als Hunger hatte, nutzte die Gelegenheit und schlappte weiter vom süßen Wein in dem zerbrochenen Fass. Das Getränk schmeckte mit jedem Schluck besser. Die anderen merkten davon nichts; sie waren in Gedanken bei Pet Riva, überlegten, wie sie ihn befreien könnten.

Furchtsam auf den Löwen schielend, erklärten die Banditen, dass der breite Tunnel, in dem sie sich befanden, direkt in ein Tal mit der Burg und dem Gefängnis führe.

„Gefängnis aber dicke Mauern und eiserne Türen", sagten sie.

„Dann gehn wir eben zum Fürsten selbst und holen uns die Schlüssel", fauchte der Löwe. Durch den Wein war er noch mutiger als sonst.

„Aber Burg schwer bewacht“, flüsterte einer der Männer.

„Mit den Wachen werden wir schon fertig.“

Der Scheuch und der Holzfäller, obwohl sie ihren ungestümen Freund kannten, waren etwas verwundert. Zumal es ihnen schien, als ob er unsicher ausschritt, bald leicht nach links, bald leicht nach rechts schwankte. Völlig verblüfft waren sie dann, als er auf einmal fröhlich zu singen begann. Eine Melodie, die in seiner Heimat sehr populär war:

„Wer ist das schönste Tier im Land,
Ist’s Tiger oder Elefant,
Ist’s Zieselmaus, ist’s Stachelschwein,
Ist’s Pferd, Giraffe? – Dreimal nein!“

Sowohl der Weise Scheuch als auch der Holzfäller kannten den Text, der in der Feststellung mündete, dass alle Tiere gleich und jedes auf seine Art schön wären. Sie begriffen bloß nicht, wozu der Gesang hier unten dienen sollte. Er würde sie nur verraten.

„Was ist mit dir, Löwe?“, fragte der Eisenmann besorgt. „Warum machst du solchen Lärm?“

Der Vierbeiner war ein bisschen verlegen.

„Lärm? Ich hab bloß ein Lied gesungen. Es kam mir gerade in den Sinn.“

Wenig später öffnete sich der Tunnel zu einer Höhle, die unendlich hoch und weit zu sein schien. In ihrer Mitte erhob sich auf einem Hügel die Felsenburg. Fackeln und Leuchtsteine erhellten das Rund. Weiter hinten sah man niedrige Häuser und Hütten.

Bewaffnete lungerten vor den Toren der Burg herum und der Löwe sagte:

„Na los, jagen wir sie auseinander.“

„Und dann?“, fragte besonnen der Scheuch.

„Wir verschaffen uns die Kerkerschlüssel, holen den alten Pet aus dem Verlies und verschwinden schnell wieder aus dieser muffigen Höhlenwelt."

Der Scheuch schüttelte den Kopf.

„Ich glaube, du stellst dir die Sache zu einfach vor. Auseinanderjagen kannst du die Banditen, aber sie werden sich wieder zusammenrotten und ihre Waffen benutzen. Vergiss nicht, dass sie sich unsichtbar machen können."

„Außerdem gibt es noch diese beiden." Der Holzfäller deutete auf die zwei Unterirdischen. „Wir dürfen sie nicht aus den Augen lassen."

„Lasst uns frei. Verraten nichts", beeilte sich einer der Männer zu versichern.

„Wie heißt du?", fragte ihn der Scheuch.

„Kagus."

„Hör zu, Kagus. Wir könnten euch laufen lassen ..."

„Ja, laufen", riefen die beiden wie aus einem Mund.

„Ihr müsstet uns bloß eine Flasche mit der Flüssigkeit verschaffen, die unsichtbar macht."

Kagus wehrte mit ausgestreckten Händen ab.

„Das unmöglich. Wir nur Knechte. Grünes Wasser für Krieger."

„Krieger nennt ihr die Räuber, die Kühe, Wein und Schiffe stehlen?", mischte sich der Holzfäller ein. „Das ist die Höhe."

Der Löwe, mit holpernder Zunge, murmelte:

„Krielieger oder Blanditen, ich reiß ihnen die Klöpfe ab."

Der Scheuch ließ sich dadurch nicht von seinem Vorhaben abbringen.

„Ihr habt bestimmt eine Möglichkeit, das Wasser zu besorgen. Wenn nicht, tut es uns Leid. Dann müssen wir euch diesem wilden Tier überlassen. Es hatte lange nichts zwischen den Zähnen."

Die Unterirdischen begannen erneut zu zittern.

„Vielleicht, wenn wir Verwalter Fässchen Wein bringen und er sich betrinkt ...", überlegte laut Kagus.

„W...wein, scher gut“, stimmte der Löwe zu.

Der Scheuch warf seinem Freund einen besorgten Blick zu, erwiderte aber:

„Gut, die Weinfässer haben wir ja. Doch wie kommen wir zu eurem Verwalter?“

„Sein Haus dort an Felswand.“ Kagus wies mit dem Finger hin. „Lässt nur mich ein.“

„Das könnte dir so passen.“ Der Holzfäller, der sich bisher nicht eingemischt hatte, schüttelte energisch den Kopf. „Wer sagt uns, dass du uns nicht betrügst. Selbst wenn wir deinen Kumpan hier als Geisel behalten, ist das keine Garantie.“

Plötzlich ertönte ein lautes Schnarchen – der Löwe war einfach eingeschlafen. Vergeblich zog ihn der Scheuch an der Mähne, boxte ihn in die Seite. Er hatte den Kopf auf die Vordertatzen gelegt und ratzte vor sich hin.

Die beiden Unterirdischen schalteten schnell. Sie warfen sich einen Blick zu und rannten dann wie auf Kommando los, zurück in den Tunnel. Der Holzfäller drohte ihnen mit der Axt, konnte sie jedoch nicht aufhalten, er war viel zu schwerfällig.

„Wach auf“, brüllte der Scheuch dem Vierbeiner ins Ohr, „unsere Gefangenen fliehen!“

Die große Katze öffnete einen Spalt breit die Augen, schüttelte unwillig den Kopf und schlief weiter.

„Er muss heimlich von dem Wein getrunken haben“, sagte der Eiserne Holzfäller.

„Stimmt. Aber es bringt uns in größte Schwierigkeiten. Diese Banditen werden Verstärkung holen.“

Sie taten beide alles, den Löwen wachzurütteln, zerrten an ihm herum und schlugen auf ihn ein. Doch was sie auch versuchten, es war vergebliche Mühe.

IM FELSVERLIES

Pet Riva stand am kleinen vergitterten Fenster seines Kerkers und schaute auf den Burghof. Sie hatten ihn eingesperrt, aber er war froh, nicht in einem finsteren Loch unter der Erde zu stecken. So konnte er wenigstens das Treiben der Unterirdischen beobachten, die hier keineswegs unsichtbar waren. Bedienstete eilten hin und her, Bewaffnete zeigten sich an den Toren, Händler brachten auf Karren Stoffe und Lederzeug. Vor allem jedoch wurden ganze Ladungen von Lebensmitteln und Getränken herangeschafft. Säcke Getreide, halbe Ochsen, Weinschläuche. Pet war überzeugt, dass der ganze Segen aus dem Reich der Käuer stammte. Auf Grund der Raubzüge dort lebten der Grüne Fürst und seine Günstlinge in Saus und Braus.

Auch dass sie ihn relativ gut behandelten, ihn mit Essen und Trinken versorgten, hing wohl damit zusammen. Er sollte ihnen verraten, wo es noch mehr für sie zu holen gab. Bisher hatte er sich aus der Klemme gezogen, indem er vorgab, allein am Fluss zu leben und nichts zu wissen. Aber man hatte ihm schon angekündigt, dass er bald dem Fürsten Rede und Antwort stehen müsse, und der galt als unberechenbar.

Der alte Fischer sah keine Möglichkeit zur Flucht und nahm sich sehr übel, dass er oben nicht einfach mit seiner Schaluppe nach Hause geschippert war. Gemeinsam mit dem Scheuch und seinen Freunden hätten sie den Kampf gegen die Unsichtbaren viel besser führen können. Später freilich, als Knacks die Treppe hinuntergepurzelt war, musste er ihm folgen. Er konnte das Hündchen ja nicht im Stich lassen.

Was Knacks jetzt wohl trieb? Ob er es geschafft hatte, diese Höhlen zu verlassen und den Herrscher der Smaragdenstadt zu benachrichtigen? Pet hoffte es sehr. Nur wenn die Freunde oben Bescheid bekamen, konnte er auf Rettung hoffen.

Draußen ertönten Schritte, ein Schlüssel drehte sich im Schloss und die Tür ging auf.

„Kommen mit!“, knarrte eine Stimme.

Pet folgte dem Mann, der in grobes Tuch gekleidet und mit einem nagelgespickten Knüppel bewaffnet war, durch mehrere Korridore. Schließlich gaben zwei Wachen den Eingang zu einem mit Teppichen ausgelegten Saal frei. An den Wänden hingen Gemälde und auf einem diamantenbesetzten Sessel thronte ein Mann, den der Fischer wiedererkannte. Er hatte sein viel größeres hölzernes Ebenbild vor kurzem am Fuß der Treppe gesehen, über die sie in die Höhlen gelangt waren.

Der Gefängniswärter stieß den Alten zum Thron und belferte:

„Niederknien!“

Was blieb Pet anderes übrig, er musste der Aufforderung Folge leisten. Der Fürst tat eine Weile, als sei der Gefangene gar nicht vorhanden, und knurrte dann:

„Du dich also bei uns eingeschlichen.“

„Deine Unsichtbaren haben mein Schiff gestohlen“, erwiderte Pet mit fester Stimme.

„Gestohlen? Brauchen alles für großen Feldzug zu Land und zu Wasser.“

„Was für ein Feldzug denn?“, fragte Pet. „Habt ihr hier etwa Krieg?“

Der Grüne Fürst brach in lautes Gelächter aus.

„Du lustig“, rief er, „kannst aufstehn.“

Der Alte erhob sich ächzend.

„Was ist daran so lustig?“

„Krieg hier unten – Unsinn!“ Der Fürst hörte so jäh auf zu lachen, wie er begonnen hatte. „In unterirdischem Reich nur ich Herrscher. Aber genug davon. Du mir alles sagen über Stadt Smaragd!“

Die Katze war aus dem Sack. Daher weht der Wind, dachte Pet Riva. Er beschloss, sich dumm zu stellen.

„Was soll ich denn über die Smaragdenstadt berichten? Ich wohne nicht dort."

„Du sie kennen bestimmt." Der Fürst schaute nun sehr finster drein. „Muss wissen, wieviel Soldaten, wie Schloss bewacht. Wie stark Herrscher."

„Unser Herrscher ist vor allem weise", gab Pet zur Antwort. „Er besitzt ein besonders kluges Gehirn und hat auch starke Verbündete in allen Gegenden des Zauberlandes. Mit ihrer Hilfe hat er schon böse Zauberer und Hexen, gefährliche Schlangen und Drachen, aber auch ganze Armeen von Holzsoldaten besiegt."

„Holzsoldaten?"

„Natürlich auch solche aus Fleisch und Blut", ergänzte Pet.

„Waren unsichtbar?", fragte der Fürst lauernd.

„Nein, das nicht", gab der Alte zu.

„Wir dagegen unsichtbar", rief der Fürst und lachte triumphierend. „Alle Klugheit machtlos. Wir erobern Stadt Smaragd, nehmen Herrscher gefangen. Gewinnen Schätze und Lebensmittel."

„Aber wozu denn ein Krieg?", begehrte Pet auf. „Ihr könntet Handel mit uns treiben und bestimmt würde der Weise Scheuch euch auch helfen, wenn ihr nichts zum Tauschen habt."

„Du nicht dumm reden, sondern gehorchen. Sonst tot." Aus den Augen des Fürsten schossen Blitze.

Der Alte schwieg. Der Gefängniswärter, der die ganze Zeit hinter ihm gestanden und nichts gesagt hatte, fasste die letzten Worte anscheinend als ein Zeichen auf. Er stieß Pet schmerzhaft seine Nagelkeule in die Seite.

„Kommen mit!", befahl er.

Das Gespräch mit dem Fürsten war beendet und Pet nahm an, in die Zelle zurück zu müssen. Zu seinem Erstaunen führte ihn der

Wärter aber in einen Raum, der bis auf einen Stuhl und einen Tisch ganz leer war. Dort forderte er ihn auf, sich zu setzen.

Auf dem Tisch lagen mehrere große Bögen Papier und einige Stifte.

„Du zeichnen Stadt Smaragd und Schloss“, sagte der Wärter. „Heute Abend wir schauen an.“

„Ich kann aber gar nicht zeichnen“, wehrte sich der Alte.

Doch der Wärter ließ solche Argumente nicht gelten.

„Du zeichnen Straßen, Tore, Wachen, Geheimgang, Zimmer, Schatzkammer, sonst tot!“ Ohne eine weitere Antwort abzuwarten, stapfte er aus dem Raum und schloss hinter sich ab.

Pet Riva saß eine Weile am Tisch und starrte auf das graue Papier. Ich könnte ihnen sonst was aufmalen, dachte er. Bis sie hinter die Fälschung kommen, vergeht Zeit und vielleicht trifft Hilfe vom Scheuch ein. Dann sagte er sich aber wieder, dass die Unsichtbaren bestimmt schon mehr über die Smaragdenstadt wussten, als sie zugaben, und ihn nur auf die Probe stellen wollten.

Pet legte den Stift weg, den er bereits in die Hand genommen hatte, stand auf und trat ans Fenster. Von hier aus konnte er sogar den Vorplatz der Burg beobachten und die Straße, die zu einem breiten Tunnel führte. Er hätte gern gewusst, ob es ein zweiter Weg zurück zur Erdoberfläche war.

Gerade wollte sich Pet erneut dem Papier zuwenden, da fiel ihm unten eine gewisse Unruhe auf. Befehle ertönten, die Torwächter griffen nach ihren Spießen, Soldaten kamen aus der Burg gerannt und liefen auf den Tunneleingang zu. Gleichzeitig wurden Trommeln geschlagen, wohl ein Zeichen für Alarm.

Pet hätte gern das Fenster geöffnet, doch das ging nicht, er konnte die Vorgänge nur mit Blicken verfolgen. Schließlich bemerkte er, dass schwefliger Rauch aus dem breiten Tunnel drang. Bloß ein Feuer, sagte er sich enttäuscht, das werden sie leider schnell wieder in den Griff kriegen.

DER STEINHASE

Jessica und Betty, erstaunt, wie weit sich die unterirdische Landschaft hinzog, machten sich erneut auf den Weg.

Eine Treppe oder ein Pfad nach oben waren freilich nirgends zu entdecken.

Unvermutet huschte ein kleines Tier vor ihnen durchs Moos und verschwand in einem Loch.

Die beiden zuckten zusammen.

„Hast du das gesehen?“, flüsterte Jessica, „hier sind Ratten.“

„Das war keine Ratte“, widersprach Betty. „Das Tier hatte lange Ohren und war auch größer.“

„Glaubst du, dass es mehr davon gibt? Und dass sie uns vielleicht anfallen, wenn wir schlafen?“

„Ich hoffe nicht, dass wir hier unten übernachten müssen“, murmelte Betty ausweichend.

„Auf jeden Fall müssen wir aufpassen und bei längerer Rast ein Feuer machen, um uns zu schützen“, sagte Jessica.

In diesem Augenblick steckte das Tier seinen Kopf aus dem Loch, in das es gekrochen war, und sagte leicht beleidigt:

„Ihr sprecht Unsinn. Ich nicht Ratte, müsst euch auch nicht vor mir schützen. Ernähr mich nur von Moos und Wurzeln.“

Verblüfft starrten die beiden das Tier an, dessen Ohren im Geflacker der Fackel einen langen Schatten warfen.

„Es spricht“, flüsterte Jessica.

„Ja“, erwiderte Betty fast fröhlich, „es spricht. Und weißt du auch, was das bedeutet?“

„Das bedeutet ... das bedeutet ...“

„Ganz richtig! Dass wir wieder in meiner Heimat sind. Im Zauberland!“

Diese Erkenntnis war so überraschend, dass die beiden das Tier vor ihnen fast vergaßen. Erst nach einer Weile besannen sie sich auf das kleine Langohr.

„Wer du auch immer bist“, sagte Jessica, „wir freuen uns, dich zu treffen. Vor uns brauchst du dich gleichfalls nicht zu fürchten. Wir lieben Tiere und tun keinem etwas zu Leide.“

„Wenn ich das nicht gemerkt, wäre längst weg“, erwiderte das Langohr. „Wir Steinhasen kennen aus mit euch Zweibeinern.“

„Ein Steinhase bist du?“, vergewisserte sich nun Betty. „Von solchen Tieren habe ich nie gehört.“

„Gibt ja auch nur noch wenige von uns. Unsichtbare jagen uns selbst in entferntester Ecke.“

„Unsichtbare? Du sprichst in Rätseln.“

„Ihr anscheinend nicht aus dieser Gegend“, stellte der Hase fest, „habt wirklich von nichts Ahnung. Unsichtbare bewohnen große Höhlen jenseits der Berge. Mal du sie siehst, mal nicht. Wenn sie dich jagen, kannst nur deiner Nase vertraun.“

Den Freundinnen erschienen diese Auskünfte ziemlich wirr, sie gingen aber nicht darauf ein, sie hatten andere Sorgen.

„Du hast Recht, wir stammen nicht von hier“, erwiderte Jessica. „Wir kommen von oben, von der Erdoberfläche. Wir haben uns verirrt. Kannst du uns vielleicht einen Weg zurück zeigen?“

„Erdoberfläche, was ist?“

Jessica und Betty schauten sich überrascht an.

„Das weißt du nicht?“, fragte die Puppe. „Hast du noch nie die Sonne gesehen?“

„Keine Ahnung, wovon redest.“

„Dann kennst du also auch keinen Weg nach oben?“

Der Steinhase dachte nach.

„Es gibt Wege auf Berge hier, wenn das meint.“

„Ich befürchte, das meinen wir nicht“, entgegnete Betty. „Trotzdem wäre es schön, wenn du sie uns zeigst.“

„Lauft geradeaus und nehmt ersten Pfad nach links“, erklärte der Hase. „Das so ein Weg. Passt aber auf. Unsichtbare haben Spieße, Pfeile und andere Waffen.“

Das Langohr verschwand in einem Loch und Jessica sagte niedergeschlagen:

„Das scheint immer schwieriger zu werden. Offenbar sind wir in eine Welt geraten, von der wir bisher gar nichts wussten.“

„Der Scheuch hat mir manchmal von den Sieben Unterirdischen Königen erzählt, die mit ihren Völkern früher in großen Höhlen gelebt haben sollen“, erwiderte die Prinzessin. „Aber sie sind meines Wissens schon lange zu uns übergesiedelt.“

„Waren die denn unsichtbar?“, fragte Jessica.

„Davon hat mein lieber Mann nie etwas berichtet.“

„Ist ja jetzt auch egal. Jedenfalls stecken wir mächtig in der Klemme. Ich komme um vor Hunger und glaube, wir finden hier nie mehr heraus.“

„Suchen wir diese Unsichtbaren“, sagte Betty Strubbelhaar entschlossen. „Auf jeden Fall müssen es Menschen sein. Sie können uns Auskunft und etwas zu essen geben.“

Sie liefen geradeaus, so wie es der Hase empfohlen hatte. Ein Pfad, der nach rechts führte, wand sich an moosbewachsenen Hängen vorbei steil aufwärts. Unschlüssig blieben sie stehen.

„Da oben werden wir kaum auf Unsichtbare treffen“, murmelte Betty. „Außerdem sprach der Hase von einem Pfad, der nach links abbiegt.“

„Ob nun rechts oder links, wir müssen irgendwie voran.“

„Also gut. Vielleicht führt der Weg ja zu den Menschen jenseits dieser unterirdischen Berge.“ Die Puppe gab nach.

Nachdem sie einige Zeit hügelan geklettert waren, hörten sie lautes Trappeln hinter sich. Das mussten größere Tiere sein. Vorsichtshalber versteckten sie sich hinter einem Stein.

Eine Kuh mit ihrem Kalb tauchte auf und galoppierte an ihnen vorbei. Beide Tiere hatten sechs Beine.

„Die legendären Sechsfüßer“, flüsterte Betty, „auch von ihnen hat mir der Scheuch erzählt. Es gibt sie also noch.“

Das Trappeln war verstummt und sie gingen weiter. Seitlich erhoben sich Felswände, an denen die ihnen schon bekannten Flechten wucherten. Die beiden ergänzten ihren Vorrat an Fackeln. Dann gabelte sich der Weg.

„Laufen wir hier herum“, schlug Jessica vor, „da scheint eine Quelle zu sein. Ich habe Durst.“

Tatsächlich war ein Plätschern zu hören, doch als sie um die Ecke bogen, erwartete sie eine Überraschung. Jemand schlappte Wasser an der Quelle, ohne dass man ihn sah. Erst bei genauerem Hingucken entdeckten sie zwei grünliche Schemen, die sich jedoch gleich darauf endgültig in Luft auflösten.

„Das ... das waren die Sechsfüßer“, murmelte Jessica. „Sie sind verschwunden.“

„Unsichtbar geworden“, berichtigte Betty.

„Du glaubst, dass diese Jäger, von denen der Hase sprach, hier das Zauberwasser ...“ Jessica war beeindruckt.

„Ja. Wahrscheinlich ist das ihr Geheimnis.“

Wieder kam das Trappen der Sechsfüßer auf sie zu, aber nichts war zu sehen. Die Freundinnen versteckten sich erneut.

„Gar nicht einfach, sich nur auf sein Gehör verlassen zu müssen“, flüsterte Betty.

Die Tiere waren wieder weg.

„Wollen wir das Wasser auch mal probieren?“, fragte Jessica.

„Ich weiß nicht. Vielleicht schadet es uns.“

„Den Tieren scheint es nicht zu schaden.“

„Du weißt, ich brauche nichts zu trinken“, sagte die Puppe.

„Dann versuche ich es.“ Jessica war schon bei der Quelle.

Das Wasser sprudelte aus einer Felsritze in eine kleine Steinmulde. Von dort lief es über den Rand und versickerte.

„Viel gibt die Quelle nicht her“, rief Jessica, „aber für mich wird's reichen.“

Sie füllte ihre Hände und schlürfte sie leer. „Schmeckt wunderbar. Prickelnd und frisch.“

Zunächst passierte nichts. Schon wollte das Mädchen eine zweite Probe nehmen, da bemerkte sie, wie ihre Hände, die Arme, der ganze Körper durchsichtig wurden.

„Bist du noch da?“, fragte Betty. „Ich seh dich nicht mehr.“

„Klar bin ich da. Du kannst mich anfassen.“

Betty tat es, dann benetzte sie sich selbst überall mit dem Wasser. Es dauerte etwas länger als bei der Freundin, aber auch bei ihr funktionierte es. Nun waren beide unsichtbar.

„Was für eine Hexerei“, sagte Jessica beeindruckt.

„Stimmt, das Zauberland bietet eben immer neue Wunder!“

Sie setzten sich ins Moos. Es war sonderbar, dazusitzen und sich nicht zu sehen. Bald freilich drängte Jessica:

„Komm, wir müssen weiter.“

„Wir sollten lieber hier bleiben“, erwiderte die Prinzessin. „Wahrscheinlich treffen wir die Höhlenbewohner an dieser Quelle eher als anderswo. Wir könnten uns ruhig eine Weile ausruhen.“

„Na gut.“ Jessica war zu müde, um lange zu widersprechen. Kaum hatte sie sich ins Moos gestreckt, schlief sie schon.

Die Puppe dämmerte ebenfalls ein, wurde aber bald wieder durch ein Rascheln geweckt.

Eine Schlange, dachte sie und war sofort wach.

Es war allerdings keine Schlange, sondern der Steinhase von vorhin. Er huschte zur Quelle.

Betty vergaß, dass sie unsichtbar war, und sprach ihn an:

„Hallo, du. Da treffen wir uns ja ein zweites Mal.“

Vor Schreck machte der Hase einen Satz in die Steinmulde. Es spritzte nach allen Seiten und er verschwand vor Bettys Augen. Dann, nachdem er offensichtlich den Platz gewechselt hatte, fragte er:

„Wer redet da?“

„Entschuldige, ich hatte vergessen, dass ich unsichtbar bin. Meine Freundin und ich, wir sind dir vorhin in der Nähe des Bachs begegnet.“

„Habt Quelle also doch entdeckt“, beschwerte sich der Hase. „Solltet euch links halten!“

„Dieser Weg führte auch nach oben“, verteidigte sich die Puppe. „Ist es denn so schlimm, wenn wir die Quelle kennen?“

„Natürlich ist schlimm. Weiß es erst ein Zweibeiner, erfahren es auch Jäger.“

Die Prinzessin war erstaunt.

„Aber ich denke, die Jäger wissen sowieso Bescheid“, rief sie. „Du hast uns doch erzählt, dass sie so gefährlich sind, eben weil ihr sie nicht sehen könnt.“

„Schon richtig“, murrte der Hase, „verschaffen sich aber Zauberwasser anderswo. Was glaubst du, weshalb ich und weitere Tiere bis jetzt überlebt? Weil wir diese Quelle entdeckt und nun gleichfalls unsichtbar. Das unser Geheimnis.“

„Sei unbesorgt“, sagte Betty, „wenn es sich so verhält, werden wir nichts verraten.“

Der Hase schien sehr erleichtert.

„Würdet das beschwören?“

„Ich schwör’s. Auch in Jessicas Namen hier neben mir.“

„Das gut“, sagte der Hase, „ich danke euch.“

„Wie lange bleibt man denn unsichtbar, wenn man das Wasser getrunken hat oder darin badet?“

„Ist unterschiedlich“, erwiderte der Hase. „Auf jeden Fall mehrere Stunden.“

Nun erwachte auch Jessica wieder. Sie hatte einige Mühe, sich zurechtzufinden. Betty brachte es ihr in Erinnerung. Als sie den Steinhasen erwähnte, fragte das Mädchen:

„Hast du nichts zu essen für mich? Ich hab solchen Hunger.“

„Jäger pflücken immer Felsennüsse.“

„Felsennüsse? Wo finde ich die?“

„Na, hier im Moos wachsen doch überall“, erklärte der Hase.

Jessica griff nach einigen der pflaumengroßen, grauen Knollen, die sie bisher für Steine gehalten hatte. Sie waren unansehnlich und hart. Mit einem Felsbrocken klopfte sie ein paar davon auf. Das rötliche Fleisch schmeckte wie Kuchen.

„Wunderbar, warum bin ich nicht selber drauf gekommen?“

Während sie nach Nüssen suchte und die Prinzessin ihr dabei half, mümmelte der Hase:

„Ich glaube, hab noch was für euch. Wenn wartet, hol es.“

„Was denn?“, fragte Jessica und klopfte weiterhin Nüsse auf.

„Das werdet gleich sehen.“ Der Hase verschwand.

Kurz darauf tauchte, gewissermaßen aus dem Nichts, ein kleiner Lederschlauch auf und fiel vor den beiden ins Gras.

„Daraus haben Jäger getrunken“, sagte der unsichtbare Hase. „Haben Ding verloren. Vielleicht ihr könnt gebrauchen.“

„Und ob wir das können“, rief Betty begeistert. Sie nahm den Schlauch, füllte ihn mit Quellwasser und band ihn oben zu. „Jetzt sind wir für den weiteren Marsch gerüstet.“

Auch Jessica freute sich.

„Ich habe gegessen und falls wir in Gefahr geraten, können wir verschwinden, als wären wir nie da gewesen. Jetzt müssen wir nur noch einen Weg zu unseren Freunden oben finden.“

Der Hase sagte nichts mehr. Er war aber sehr stolz darauf, den beiden, die er schon ein wenig ins Herz geschlossen hatte, geholfen zu haben.

UNERWARTETE RETTUNG

Der Scheuch strengte sein Gehirn so sehr an, dass ihm die Nadelköpfe aus dem Kopf traten, trotzdem fiel ihm keine Lösung ein. Selbst als er den Löwen in seine empfindliche Nase zwickte, nieste der nur, drehte den Kopf und schnarchte weiter.

„Vielleicht sollten wir uns ein Versteck suchen, bevor die Unsichtbaren da sind“, sagte er schließlich. „Ihn können wir nicht mitnehmen, aber besser, sie fangen nur einen als uns alle drei. Außerdem könnten wir ihn später wieder befreien.“

„Erstens kennen die hier bestimmt alle Verstecke“, erwiderte der Holzfäller, „und zweitens verlangt mein Herz von mir, den Freund nicht im Stich zu lassen. Doch wahrscheinlich ist es richtig, wenn du dich zurückziehst. Ich habe immerhin meine Axt, du dagegen bist waffenlos und den Feinden daher total ausgeliefert.“

„Kommt nicht in Frage. Allein werde ich auf keinen Fall fliehen."

Sie wussten nicht, wohin Kagus und sein Kumpan gelaufen waren, aber zweifellos würden die beiden ihre Vorgesetzten benachrichtigen.

Es war nur eine Frage der Zeit, wann es hier von Banditen wimmelte, die man womöglich noch nicht einmal sah.

Der Scheuch unternahm gerade einen neuen Versuch, den Löwen zu wecken, indem er ihn heftig am Schwanz zog, da kam mit lautem Gebell ein Hund den Tunnel entlanggesaust. Im Schein der Fackeln warf er einen so gewaltigen Schatten, dass selbst der Eisenmann zurückzuckte. Zumal hinter dem Köter noch ein zweiter langgezogener und vielbeiniger Schatten auftauchte.

„Bleibt stehen, ihr Bestien", rief der Holzfäller, „sonst bekommt ihr meine Axt zu spüren!"

Die beiden Tiere stoppten und der Hund, mit wedelndem Schwanz, wuffte aufgeregt:

„Aber Eiserner Holzfäller, erkennst du mich denn nicht? Ich bin's doch, Knacks. Neunfuß und ich, wir wollen euch helfen."

Der Scheuch begriff zuerst.

„Du bist es, Knacks! Wie kommst du hierher? Dann warst wohl du es, den Tütü bei Pet Riva gesehen hat. Wo steckt er denn?"

„Die Unsichtbaren haben ihn gefangen genommen, aber das erzähl ich später genauer. Jetzt müssen wir alle schnell weg von hier, denn gleich werden die Banditen auftauchen."

„Wir können nicht weg", erwiderte der Holzfäller. „Der Löwe hat Wein getrunken und will einfach nicht wach werden."

Nox Neunfuß, für den Scheuch und den Eisenmann ein seltsam ungestaltes Tier, löste sich aus dem Schatten. Er riss eine Pflanze ab, die an den Wänden rankte, und hielt sie an eine der brennenden Fackeln. Ein beißender Gestank verbreitete sich. Nox lief zum Löwen und hielt ihm die Pflanze unter die Nase.

„Das – Schwefelkraut", zischelte er. „Altes Mittel gegen betrunken."

Tatsächlich, der Löwe begann nicht nur zu niesen, er schlug auch die Augen auf, erhob sich und blickte sich suchend um.

„Was geht hier vor?", murmelte er. Ein bisschen benommen war er noch.

„Du hast geschlafen und deshalb sind die Banditen entkommen, die uns zu Pet führen sollten", tadelte ihn der Scheuch. „Bestimmt hetzen sie uns nun ihre Kumpane auf den Hals."

„Warum habt ihr mich nicht eher geweckt?"

„Du bist vielleicht gut. Weck mal einen Löwen, der so viel Wein gesüffelt hat wie du. Wenn Knacks nicht aufgetaucht wäre und hier dieser Vielbeiner ..."

„Nox Neunfuß", stellte sich das Tier vor.

Erst jetzt nahm der Löwe die Neuankömmlinge zur Kenntnis. Er betrachtete Neunfuß mit Verwunderung und Misstrauen.

„Hast du mir das scheußliche Zeug unter die Nase gehalten?"

„Das notwendig“, erwiderte Nox. „Und nun wir verwischen Spuren.“ Seinen Feueratem nutzend, zündete er mehrere vertrocknete Pflanzen an den Wänden an. Die Flammen züngelten zur Tunneldecke empor, beißender Rauch stieg auf und strömte auf den freien Platz hinaus. Alle begannen zu husten.

„Jetzt aber nichts wie weg“, bellte Knacks.

„Weg? Wohin denn? Ich fürchte die Unsichtbaren nicht. Ich werde sie in der Luft zerrupfen!“ Der Löwe, der sich des Weins wegen schämte und den Ernst der Lage noch nicht ganz begriffen hatte, zeigte sich halsstarrig. Allerdings hinderte ihn der Rauch daran, seinen Zorn in die Ebene hinauszubrüllen.

„Entschuldige, keine Zeit für Diskutieren. Mir folgen!“ Neunfuß rannte los, in den Tunnel hinein.

Da ihm alle hinterherliefen, sogar, wenngleich etwas mühsam, der Holzfäller, trabte der Löwe ebenfalls los. Weder er noch seine Freunde bemerkten die Aufregung, die inzwischen drüben bei der Burg herrschte.

Sie beachteten weder die Trommeln noch die Bewaffneten, die in Richtung Tunnel stürmten.

Neunfuß rannte nicht weit, er kroch plötzlich in einen Spalt, so eng, dass ihm nicht einmal der Hund folgen konnte.

„Augenblick warten“, krächzte er, bevor er verschwand.

Die anderen blickten sich erstaunt an und der Löwe wollte schon wieder protestieren, doch nun rollte knirschend ein Felsbrocken zur Seite. Die Öffnung war nicht groß, dennoch quetschten sich alle in den dahinter liegenden Raum.

„Jetzt wir durch Falltür“, erklärte Nox und hob einen modrigen Holzdeckel hoch. Während sich die Felsöffnung hinter ihnen schloss, gelangten sie über eine Treppe zu einem niedrigen Stollen.

„Und wie nun weiter?“, murrte der Löwe. „Was tun wir hier?“

„Ihr zunächst in Sicherheit“, gab Nox zur Antwort.

„In Sicherheit? Wir sind gekommen, um Pet Riva zu befreien, nicht, um uns zu verkriechen."

„Genau so ist es", schloss sich der Holzfäller an und der Scheuch fragte:

„Wie kommen wir von hier aus zur Burg und zum Gefängnis?"

„Nur mit Ruhe. Ich gucken, ob Luft rein", zischelte der Vielbeiner. Zum Verdruss des Löwen machte er sich durch eine Spalte erneut davon.

Die Freunde traten ungeduldig von einem Fuß auf den anderen, aber Knacks beruhigte sie, indem er ihnen vom Roten Fürsten erzählte und von der Rolle, die Neunfuß gespielt hatte.

„Er kennt sich hier unten hervorragend aus und wird euch das Richtige raten", schloss er.

„Dieser Grüne Fürst und seine Bande scheinen gefährlicher zu sein, als ich dachte", sagte der Scheuch nachdenklich.

„Jedenfalls haben sie Pferde und viele Krieger", erwiderte Knacks. „Der Rote Fürst, der sie oft aus seinem Versteck heraus beobachtet, glaubt, dass sie einen großen Angriff vorbereiten."

„Angriff gegen wen?", fragte der Löwe.

„Gewiss gegen uns Oberirdische", entgegnete Knacks.

„Das sollen sie nur mal wagen!" Der Löwe stieß ein kurzes Brüllen aus, das in dem Gang laut widerhallte.

„Gefährlich können sie uns schon werden, wenn sie unsichtbar sind", gab der Holzfäller zu bedenken. Neunfuß kam zurück.

„Krieger suchen im großen Tunnel", sagte er, „ich euch jetzt führen von hinten zur Burg."

Sie tauchten in ein weiteres Gewirr von Gängen ein, die teilweise verfallen und so ineinander verschachtelt waren, dass die Freunde allein nie mehr herausgefunden hätten. Bald ging es hügelan, bald talabwärts. Nach einer Weile jedoch endete das Labyrinth an einem dicht wuchernden Flechtenvorhang.

„Dahinter großes Tal mit Burg“, verkündete Nox. „Aber Vorsicht, ist steil.“

Was er damit meinte, wurde klar, als der Scheuch den Kopf durch das Gestrüpp steckte. Sie befanden sich in Haushöhe am Rand einer Felswand, die senkrecht zum Tal hin abfiel.

„Ich sehe die Burg. Der Bau daneben, mit den vergitterten Fenstern, ist bestimmt das Gefängnis“, murmelte der Scheuch. „Aber wie, um Himmels willen, kommen wir da hinunter?“

„Pfad hinter Pflanzen“, erklärte Nox, „letztes Stück an Flechten hinab. Ich nicht mit. Muss zurück.“

„Moment!“ Der Löwe war noch skeptisch.

Doch der Vielbeiner hatte sich schon davongemacht.

„Mehr kann nicht helfen“, tönte es noch krächzend aus dem Loch, in das er, ungemein wendig und unerreichbar für die anderen, geschlüpft war.

DIE BLAUEN VÖGEL

Jessica und Betty Strubbelhaar stiegen weiter hügelan. Da sie sich nicht sehen konnten, hielten sie sich zunächst an den Händen, aber als der Pfad schmaler wurde, ging das nicht mehr. Immerhin konnten sie miteinander reden. Ihre Augen hatten sich gut an die Dunkelheit gewöhnt, die hier nur von einer Art Glühwürmchen schwach erhellt wurde.

Wenn es gar zu finster wurde, zündeten sie ein Bündel Flechten an. Dann schwebte, wie von einem Geist getragen, eine rußende Flamme durch die Luft.

Stundenlang wanderten sie so bergan und beiden taten die Beine weh. Ihre Hoffnung, jemals die Sonne wieder zu sehen, sank mit jedem Schritt. Besonders Jessica verlor den Mut. Wenn sie anfangs vorangeklettert war, so blieb sie nun zurück. Deshalb war es auch die Prinzessin, die unvermutet verkündete:

„Wir sind oben!"

„Wieso oben?" Das Mädchen begriff nichts.

„Na, auf der Bergkuppe. Höher geht es offenbar nicht."

Gleich darauf stand Jessica auf einer Ebene. Es war relativ hell, denn über ihnen flimmerten Tausende blauer Lichter.

„Wie schön das ist", sagte Betty. „Wie ein Himmel mit blauen Sternen."

„Leider sind es keine richtigen Sterne", seufzte Jessica, „und es ist auch nicht unser Himmel."

„Stimmt. Es scheint die Gewölbedecke zu sein. Vielleicht ist sie mit blauen Edelsteinen durchsetzt."

Jessica warf einen sehnsüchtigen Blick nach oben.

„Edelsteine oder nicht, dort müssten wir durch. Wir stecken noch immer viel zu tief in der Erde."

Eins der blauen Lichter löste sich und schwebte herab zu ihnen. Eine zwitschernde Stimme sagte:

„Wer da spricht? Kann niemanden sehen."

Es war ein Vogel. Sein wunderbar blaues Gefieder strahlte von innen heraus. Eine gelbe Feder zierte seinen Kopf.

„Entschuldige, wir haben von dem Wasser getrunken, das unsichtbar macht", erwiderte die Prinzessin. „Wir sind Oberirdische, eine Puppe aus der Smaragdenstadt und ein Mädchen aus der Menschenwelt. Und wer bist du?"

„Wir – Nachtvögel. Wohnen hier. Von Oberirdischen noch nie gehört."

„Das ist schade", erwiderte Betty. „Ich dachte schon, du könntest uns einen Weg zur Sonne zeigen."

„Ja, einen Tunnel oder Schacht", schloss sich Jessica an. „Er muss nur weiter in die Höhe führen."

„Gibt nicht, weiß nicht." Der Vogel schüttelte sein leuchtendes Gefieder.

„Und wo finden wir hier unten einen Menschen, der uns Auskunft geben kann?", fragte Betty.

„Zweibeiner im Tal, dort." Der Vogel wies mit dem Schnabel über die Ebene. „Zweibeiner hinterhältig."

„Wir nicht, das musst du uns glauben", versicherte Betty.

Der Vogel legte den Kopf schief.

„Zweibeiner oft unsichtbar, um uns zu jagen", tschilpte er. „Ihr auch unsichtbar!"

„Ja, aber nicht, weil wir euch jagen wollen", erklärte Betty. „Wir sind ganz zufällig auf das Zauberwasser gestoßen."

„Hm, na ja, kann sein", zwitscherte der blaue Vogel mit der gelben Feder. Er zweifelte wohl noch immer.

Inzwischen hatten sich weitere blaue Lichtpunkte von der Decke gelöst und waren neugierig näher gekommen. Einige Vögel, mit

roten oder grünen Federn am Kopf, setzten sich auf Steine, andere zogen ruhig und schimmernd Kreise in der Luft.

„Ihr seid sehr schön", rief Betty aus und Jessica ergänzte:

„Wunderbar seht ihr aus, ehrlich!"

Diese Worte schienen den Vögeln zu gefallen. Sie begannen zu tschilpen und der mit der gelben Feder zwitscherte:

„Das noch nie Zweibeiner zu uns gesagt."

„Die Tiere scheinen ja wirklich keine guten Erfahrungen mit den Leuten hier gemacht zu haben", seufzte Betty. „Trotzdem müssen wir die Unterirdischen aufsuchen, um einen Weg nach Hause zu finden."

„Ja, wir müssen euch jetzt leider verlassen", stimmte Jessica zu. „Lebt wohl."

Die Vögel, die am Boden gesessen hatten, flatterten auf und gesellten sich zu denen in der Luft. Einer tschilpte:

„Viel Glück. Für euch wir geben Licht."

„Das ist sehr lieb von euch", bedankte sich Betty.

Die beiden stapften los. Die Vögel umschwirrten sie und leuchteten den Weg aus. Als die Ebene durchschritten war, gelangten sie an einen Pfad, der steil bergab führte.

„Damit wären wir auf der anderen Seite des unterirdischen Gebirges", murmelte die Prinzessin. „Dort unten müssen die Fremden sein."

„Der Abstieg ist bestimmt gefährlich", wandte Jessica ein.

„Wir müssen es dennoch versuchen", erwiderte Betty.

Sie begannen abwärts zu klettern. Die Vögel folgten ihnen noch ein Stück und blieben dann zurück. Es war wieder dunkler, was die Sache erschwerte. Einmal rutschte Jessica aus und schlitterte einen Hang hinab. Fast wäre sie abgestürzt, aber sie konnte sich in letzter Sekunde am Flechtwerk festklammern. Betty, die nur ihre Schreie hörte, war zu Tode erschrocken.

„Was ist passiert", rief sie, „wo bist du?"

„Ich bin hier unten, auf einem kleinen Felsvorsprung. Bleib, wo du bist, ich komme wieder hoch."

Betty konnte nichts tun als abwarten und Jessica kroch vorsichtig wieder den Hang empor. Plötzlich sagte sie:

„Hier ist ein Gang! Er scheint nach unten zu führen."

„Das bringt uns nichts", gab Betty zur Antwort, „im Gegenteil. Wenn er keinen Ausgang hat, müssen wir den ganzen Weg zurück."

„Der hat einen Ausgang – ich sehe Stufen! Auf jeden Fall ist er besser als der Pfad, dem wir bisher gefolgt sind."

Die Puppe gab nach.

„Gut, ich schau's mir mal an."

Kurz darauf hatte sie die Freundin erreicht und leuchtete mit einer ihrer Fackeln in den Schacht. Tatsächlich wand sich eine schmale Treppe abwärts.

„Die stammt von den Unterirdischen", rief Jessica. „Es kann gar nicht anders sein!"

Sie folgten der Treppe, die gar nicht zu enden schien. Trotz der Fackeln, die ihnen Licht gaben, war es unheimlich im Berg. Das Gestein knirschte, Wasser tropfte und ihre Schritte hallten schauerlich wider. Auf einmal rief Betty:

„Ich sehe deine Umrisse. Du bist wieder da!"

„Stimmt, ich bin durchsichtig und ganz grün."

„Immerhin. Ewig möchte ich nicht als Spukgeist herumlaufen."

„Bei den Vögeln vorhin war mir das auch ein bisschen peinlich", gab Jessica zu.

Von Betty dagegen war noch kein Schimmer zu entdecken. Bei ihr hielt die Wirkung wohl länger an, weil sie eine Puppe war.

Endlich sahen sie in der Ferne einen rötlichen Lichtschein.

„Da brennt eine richtige Fackel, die können nur Menschen angezündet haben", jubelte Jessica.

Betty war genauso erfreut.

„Du hast Recht. Ich glaubte schon nicht mehr, dass wir je welche treffen würden."

Sie sausten los. Jessica, die schneller und ungeduldiger war, vorneweg. Der Gang wurde breiter und endete in einer großen schummrigen Höhle. Weder Mensch noch Tier waren zu sehen. Während Betty keuchend am Tunnelausgang stehen blieb, rannte ihre Freundin, die inzwischen ihre volle Gestalt wiedererlangt hatte, in die Höhle und rief:

„Ist hier jemand?"

Für einen Augenblick herrschte noch Stille, dann aber stürzten aus einer verborgenen Tür unvermutet mehrere kriegerisch wirkende Männer mit wildem Gebrüll auf das Mädchen los. Sie hatten Speere oder dicke Knüppel in den Händen. Einer warf ihr ein grob geknüpftes Netz über den Kopf. Jessica fiel auf die Knie und wurde völlig eingeschnürt.

„Was macht ihr denn da?", rief sie weinend. „Ich bin doch kein Feind, sondern bloß ein Kind, das wieder nach Hause will."

Die Männer gaben keine Antwort. Unsanft rissen sie das Mädchen hoch und zerrten es mit sich fort durch die Tür.

Einen solchen Empfang hatte auch Betty nicht erwartet. Glücklicherweise war sie noch unsichtbar. Sie hielt es für besser, sich nicht zu erkennen zu geben. Leise folgte sie den Unterirdischen.

Durch die Tür gelangte der Trupp ins Freie. Genauer gesagt, in ein riesiges unterirdisches Tal mit Straßen, Häusern und einer Burg im Hintergrund. Es war die Burg, in der Pet Riva gefangen saß und die der Scheuch mit seinen Freunden im Visier hatte. Doch davon wussten weder Betty noch Jessica etwas.

Die Männer schleppten das Mädchen zur Burg. Auf dem Vorplatz waren viele Bewaffnete versammelt und der Kerl, der Jessica im Netz hinter sich herzog, rief schon von weitem:

„Wir sie haben! Wir Spion gefangen!"

Betty sah, wie die anderen Krieger ihre Freundin umringten. Einer mit silbrigem Wams, offenbar ein Offizier, schnarrte:

„Das ein Mädchen. Gehört nicht zu Leuten, von denen Kagus gesprochen hat."

„Ist aber eingedrungen. Hat sich im Labyrinth versteckt."

Jessica hatte wieder Mut geschöpft und rief empört:

„Das stimmt überhaupt nicht. Weder bin ich eingedrungen, noch hab ich mich versteckt. Wir waren in einer Tropfsteinhöhle und haben uns verirrt. Ich stamme aus der Menschenwelt."

„Wir?", fragte der Offizier, der nur das gehört hatte.

Jessica merkte, dass sie einen Fehler gemacht hatte. Diese Leute waren kein bisschen freundlich und sehr misstrauisch. Besser, sie erfuhren erst einmal nichts von Betty.

„Ich ... und ein anderes Mädchen", stotterte sie. „Ich hab sie aus den Augen verloren."

„Sind also noch andere", knurrte der Offizier. Die Männer aber, die Jessica gefangen genommen hatten, fuhr er an: „Zurück in Labyrinth! Mehr Feinde eingeschlichen. Alle festnehmen!"

Die Kerle mit den Knüppeln rannten wieder los, an Betty vorbei, die verzweifelt überlegte, wie sie Jessica helfen konnte. Doch im Augenblick war nichts zu machen.

„Ich bin wirklich kein Feind." Jessica war am Verzweifeln. „Ich will doch weiter als zur Erdoberfläche zurück. Bestimmt wisst ihr einen Weg. Großvater Goodwin wird euch diesen Dienst gut bezahlen."

„Aha, Erdoberfläche", sagte der Offizier befriedigt. „Hab doch geahnt. Gebt Nachricht an Fürsten und ab mit ihr in Verlies!"

Statt ihr das Netz abzunehmen, stießen zwei Krieger das Mädchen mit Püffen vor sich her. Betty folgte den dreien bis zu einem grauen Gebäude hinter der Burg, offenbar dem Gefängnis. Dort war erst einmal Endstation für sie, denn ein dicker Wärter versperrte ihr den Weg. Jessica aber wurde weiter vorwärts gestoßen und fand sich kurz darauf in einer engen, finsteren Zelle wieder.

DER EINBEINIGE HOLZFÄLLER

Durch den Flechtenvorhang gedeckt, hatten es der Scheuch und seine Freunde bis hinunter zu einem winzigen Felsplateau geschafft, auf dem sie sich nun zusammendrängten.

„Der Pfad ist zu Ende“, sagte die Strohpuppe, „die letzten Meter müssen wir uns an den Pflanzen hinablassen.“

„Das kannst du vielleicht.“ Knacks sah ängstlich nach unten. „Meine Pfoten taugen nicht zum Festhalten an diesen Lianen, und zum Springen ist es zu hoch. Ich würde mir alle Beine brechen.“

„Mir geht's ähnlich“, schloss sich der Löwe an. „Zwar können wir Katzen ziemlich tief fallen, ohne uns weh zu tun, aber ich möchte nicht riskieren, mir einen Fuß zu verstauchen. Nicht hier, wo wir es mit diesen Lumpen zu tun haben.“

„Knacks könnte sich auf meine Schultern setzen und an meinem Hals festklammern“, schlug der Scheuch vor, „und du, Löwe, müsstest auf den Felsvorsprung dort in halber Höhe springen, dann wär's zu schaffen.“

„Okay, das müsste gehen.“ Der Löwe war erleichtert.

„Na, dann wollen wir mal“, sagte der Scheuch. „Steig auf meine Schulter, Knacks.“

Der Eiserne Holzfäller, der sich bisher nicht an ihrem Gespräch beteiligt hatte, krächzte unvermutet:

„Wartet mal und schaut hinüber zur Burg. Träume ich oder seht ihr auch, was ich sehe?“

„Was denn?“, fragte Knacks, dem durch die Größeren die Sicht genommen war.

„Ich glaub's kaum“, erwiderte der Holzfäller, „aber gerade wird von den Banditen ein Mädchen abgeführt. Es steckt in einem Netz und trotzdem ... es hat eine große Ähnlichkeit mit ...“

Der Scheuch und der Löwe blickten nun gleichfalls zu den Bewaffneten hinüber, die viel zu beschäftigt waren, um ihrerseits die Freunde zu entdecken. Die Raubkatze, die mit ihren scharfen Augen besonders hier unten besser sehen konnte als die anderen, fauchte wütend.

„Du hast Recht, Holzfäller. Wenn sie keinen Doppelgänger hat, ist das Jessica."

„Jessica, hier?!" Der Scheuch wäre vor Überraschung beinahe von der Plattform gefallen.

„Wie kommt Jessica in diese Höhlen?" Der Holzfäller war ein einziges Fragezeichen. „Ich denke, sie ist bei sich zu Hause und hat Betty zu Besuch."

„Genauso müsste es sein", murmelte der Scheuch. „Fehlt nur noch, dass uns meine liebe Frau über den Weg läuft."

Doch Betty war nirgendwo zu entdecken. Für den Löwen, der Jessica ganz besonders liebte, war das allerdings kein Trost.

„Gehn wir endlich runter", fauchte er, „jagen wir die Bande auseinander."

Obwohl der Scheuch nichts lieber getan hätte, mahnte er auch diesmal zur Besonnenheit.

„Erst müssen wir noch den Abstieg schaffen!"

Der Löwe zögerte nicht länger und setzte zum Sprung an. Der Scheuch, Knacks auf der Schulter, begann sich an den Flechten nach unten zu hangeln. Schon bald erreichte er den Boden, wo bereits der Löwe wartete. Zu dritt – Knacks sehr erleichtert, dass er wieder die Beine benutzen konnte – schauten sie hinauf zum Holzfäller, der nun als Letzter abwärts zu klettern begann.

Doch das konnte nicht gut gehen. Der Eisenmann war nicht nur ungelenk, sondern auch viel zu schwer. Er wusste das natürlich, hatte seine Freunde aber oben auf der Plattform nicht enttäuschen wollen. Zumal es plötzlich um Jessica ging. Sein mitfühlendes Herz hatte ihm verboten, an die Gefahren zu denken, die der Abstieg für ihn mit sich brachte.

So ließ er sich vorsichtig, mit den Füßen das Gestein abtastend und nur die stärksten Flechten zu Hilfe nehmend, an der Felswand herab. Aber er kam nicht weit. Noch auf dem ersten Teil der Strecke rutschte er mit dem Blechschuh ab, riss durch sein Gewicht eine Liane aus den Felsspalten und sauste nach unten. Ungebremst krachte er neben dem Löwen ins Moos.

„Um Himmels willen, Holzfäller, was machst du da!“, rief der Scheuch. „Hast du dir wehgetan?“

Der Eisenmann gab keine Antwort. Er war ohnmächtig.

„Beinahe hätte er mich erschlagen“, rief Knacks, „ich konnte gerade noch zur Seite springen. Aber ich glaube, er hat beim Aufprall ein Bein verloren.“

„Ein Bein?“, fragte der Löwe erschrocken.

„Ja. Hier liegen Ober- und Unterschenkel, dort der Fuß.“

Nun sahen es die anderen gleichfalls. Unterhalb der linken Hüfte waren die Scharniere gebrochen. Das eiserne Bein lag in zwei Stücken im Moos.

„Was sind wir bloß für Egoisten“, stöhnte der Scheuch. „Wir haben nur an uns gedacht. Wir hätten doch wissen müssen, dass der Holzfäller ungeeignet für die Kletterei ist.“

„Erst betrinke ich mich, dann lass ich meinen Freund abstürzen." Vor Kummer stieß der Löwe mit dem Kopf gegen die Felswand.

„Hör auf, du verletzt dich noch. Wir haben schon genug Verluste." Der Scheuch zog ihn am Schwanz zurück.

Der Holzfäller kam zu sich. Er fragte:

„Was ist passiert? Mir brummt der Schädel."

„Du bist runtergefallen", bellte Knacks, „und beinahe auf mich drauf. Du hättest mich zu Mus gemacht."

„Das tut mir Leid." Der Holzfäller wollte sich erheben, schaffte es aber nicht. „Irgendwas ist mit meinem Bein."

„Na ja, es ist abgebrochen", murmelte der Scheuch verlegen. „Der Aufprall war zu heftig."

Der Löwe murrte:

„Es ist allein unsere Schuld. Wir hätten wissen müssen, dass du für diese blöden Flechten zu schwer bist."

„Unsinn, es gab keine andere Lösung", erwiderte der Holzfäller. „Von dem Bein abgesehen, fühle ich mich ganz gut. Wir suchen einen Mechaniker, der es wieder anschraubt."

Obwohl die Freunde wussten, dass sie hier bestimmt nicht so schnell einen Mechaniker für das Bein finden würden, atmeten sie auf. Dieser Holzfäller war ein ganzer Kerl.

„Zunächst brauche ich aber eine Krücke", fügte der Eisenmann hinzu. „Einen kräftigen Stock oder so etwas."

„Ich such dir einen, dort hinten liegt Holz herum." Der Löwe rannte sofort los.

„Ich komme mit. In Stöcken kenne ich mich aus", schloss sich Knacks an.

„Passt aber auf, dass euch die Banditen nicht sehen, sonst haben wir sie gleich am Hals und dann nützen alle Stöcke nichts." Der Holzfäller streckte sich wieder im Moos aus. Er wirkte nun doch erschöpft.

Schweigend setzte sich der Scheuch neben ihn auf einen Stein. Die Aufgabe, Pet Riva und Jessica zu befreien, wurde immer schwieriger.

Leise Schritte näherten sich und verstummten wieder. Der Herrscher der Smaragdenstadt schreckte auf.

„Hast du das gehört, Holzfäller? Was war das?“

„Was meinst du? Ich habe nichts gehört.“

„Da, schon wieder!“

Der Holzfäller richtete sich auf, doch bevor er noch etwas sagen konnte, flüsterte eine sehr vertraute Stimme:

„Ihr seid’s, ihr seid’s tatsächlich!“ Dann machte jemand einen Satz und der Scheuch hatte plötzlich eine Frau im Arm. Er merkte sofort, dass es seine war, auch wenn er sie nicht sehen konnte.

„Betty! Als sie Jessica wegführten, wusste ich gleich, dass du in der Nähe sein musst. Obwohl ich mir nicht vorstellen kann, wie ihr zwei hierher gekommen seid.“

Der Holzfäller fasste nach der Puppe. Als er sich überzeugt hatte, dass sie kein Gespenst war, erkundigte er sich:

„Wieso bist du unsichtbar?“

Nun ging es erst einmal ans Erzählen. Die Prinzessin war überglücklich, den gefährlichen Unterirdischen nicht mehr allein entgegentreten zu müssen. Eine stürmische Begrüßung gab es auch, als die Tiere mit den Stöcken zurückkehrten.

„Wie hast du uns überhaupt gefunden?“, fragte der Löwe.

„Ich hatte mich in der Nähe versteckt und hörte, wie der Holzfäller abstürzte. Danach eure Stimmen. Es dauerte bloß eine ganze Weile, bis ich begriff, daß ihr es seid.“

„Ein Glück, dass wir im Zauberland leben, wo es immer wieder solche wunderbaren Überraschungen gibt“, kläffte Knacks.

EIN KINDERLIED

Pet Riva saß am Tisch und arbeitete an seiner Skizze. Wenn der Wächter zurückkam, musste der Plan der Smaragdenstadt wenigstens zum Teil vorliegen, aber der Alte wollte ihn so anlegen, dass sich die Unterirdischen nicht zurechtfanden. Ich werde Straßen einfügen, wo keine sind, sagte er sich, und wichtige Gebäude einfach vergessen. Bei den Zugängen zum Palast werde ich mich auf solche beschränken, die gut bewacht sind.

Um zu zeigen, wie fleißig er war, skizzierte er die Stadt mehrmals falsch und zerriss die Bögen wieder; er brach auch die Spitzen einiger Stifte ab, damit beweisend, dass seine Hände für eine derartige Tätigkeit absolut nicht geschaffen waren.

Zugleich beschäftigte ihn der Gedanke an das Feuer im Tunnel und er lief immer wieder zum Fenster, um Neues zu erfahren. Ob der Brand mit Knacks zusammenhing? Das ist kaum möglich, überlegte er, aber wenn der Hund inzwischen den Scheuch erreicht hat, könnte bald jemand von meinen Freunden hier auftauchen. Vielleicht sind die Banditen deshalb so aufgeregt.

Es war bereits später Nachmittag. Pet hatte gerade ein Tor in die Stadtmauer eingezeichnet, das es längst nicht mehr gab, da schallte neuer Lärm vom Burgvorplatz herauf.

Der Alte rannte ans Fenster. Unten drängten sich Bewaffnete zu einem Haufen. Bedienstete: Männer, Frauen und sogar Kinder liefen neugierig herbei und Pet entdeckte, dass es um einen Gefangenen ging. Oder besser gesagt, um eine Gefangene, denn die kleine, in ein Netz gezwängte Person zwischen den Banditen war kein Mann.

„Aber das sieht ja aus wie Jessica!“, rief der Alte mit einem Mal laut aus. „Haben diese Gangster sie etwa aus der Menschenwelt entführt?“ Er musste sich am Fensterriegel festhalten, denn vor Schreck versagten ihm die Beine den Dienst.

Das Mädchen wurde weggeführt und als Pet den ersten Schock überwunden hatte, begann er zu grübeln. Falls das keine Hexerei war, gab es nur eine Erklärung: Jessica war mit dem Scheuch und anderen aufgebrochen, um ihn zu suchen. Vielleicht hatten sie das Feuer vorhin ausgelöst, aus welchen Gründen auch immer. Man wird sie ins Gefängnis bringen, dachte der Alte. Wenn ich mehr erfahren will, muss ich unbedingt dorthin zurück.

Entschlossen eilte Pet zur Tür und schlug mit den Fäusten dagegen. Zunächst geschah nichts, aber da er keine Ruhe gab, kam schließlich der Wärter von vorhin angerannt.

„Was los, Donnerkeil, warum machst Krach?“, brüllte er.

„Ich und Krach machen? Draußen ist ständig Krawall und Geschrei. Ich aber soll für den Fürsten diese wichtige Zeichnung anfertigen. Entweder ihr sorgt für Ruhe, oder ihr müsst auf meine Dienste verzichten."

Der Wärter, bestimmt nicht der Schlaueste, klappte den Mund auf und zu – mit so viel Frechheit hatte er nicht gerechnet. Er brauchte eine Weile, um eine Antwort zu finden.

„Lärm draußen, weil Feinde. Kann nichts tun", knurrte er.

„Dann kriegt ihr eben keine Skizze. Zumal euer Material nichts taugt. Ich hab schon sämtliche Stifte abgebrochen."

„Das sehr schlecht." Der Wärter wurde wieder ärgerlich. Dennoch fügte er hinzu. „Ich holen neuen Stift."

„Das nützt nichts. Sprich mit deinem Fürsten. Er soll für Ruhe sorgen."

Dass der Gefangene auf seiner Forderung beharrte, brachte den Wärter noch mehr auf. Es sah aus, als wollte er sich auf Pet stürzen. Dann überlegte er es sich aber und rannte wortlos aus dem Raum. Er schlug die Tür hinter sich zu und schob von außen den Riegel vor.

Doch Pet Riva hatte sich nicht verrechnet. Bereits nach kurzer Zeit war der Mann wieder da.

„Ich mit Offizier gesprochen. Du bekommen neue Stifte, Papier und Licht. Gehen zurück in Gefängnis, dort Ruhe."

„Zurück ins Gefängnis?" Pet tat, als sei er empört.

„Du nicht gedacht, was? Das haben nun davon!"

Auf dem Weg in die Zelle spielte Pet den Zerknirschten, versuchte den Wärter dabei aber auszufragen.

„Was sind das für Feinde, derentwegen ihr solchen Lärm macht?", wollte er wissen.

Sein Bewacher knurrte:

„Du schweigen. Nichts von mir herauskriegen."

„Vielleicht kenne ich die Leute und kann euch einen Rat geben, wie man sie fängt“, lockte Pet.

„Rat, du? Sind Wesen aus Stroh und Eisen mit bösem Tier.“

„Zauberwesen? Nein, da kann ich euch wirklich nicht raten“, sagte der alte Fischer, dessen Herz plötzlich viel schneller schlug. „Höchstens, dass ihr euch mit denen besser nicht anlegt.“ Er wusste nun Bescheid und beschloss, sich für ungewöhnliche Ereignisse bereitzuhalten.

In der Zelle lagen schon neue Stifte und Papier bereit. Man hatte ihm auch einen wackligen Tisch, einen Stuhl und einige blakende Kerzen hingestellt.

Von Jessica hatte der Mann nicht gesprochen, vielleicht mit Absicht. Der Alte setzte sich an seine Zeichnung, sprang aber schon nach wenigen Strichen wieder auf. Für eine solche Arbeit fehlte ihm die innere Ruhe.

Er trat ans Türgitter und schaute auf den Gang hinaus. Viel vermochte er nicht zu sehen; von Jessica keine Spur. Da kam ihm eine Idee. Mit ungeübter Stimme begann er ein Lied zu singen:

„Ich bin zu Haus im Zauberland
In einem Schloss aus Schokolade ...“

So lautete zumindest die erste Strophe, den übrigen Text hatte der Alte vergessen.

Im Land der Käuer war es aber ein bekanntes Kinderlied. Jessica, die schon so oft bei uns war, kennt es bestimmt, dachte Pet. Gewiss ist sie mit dem Weisen Scheuch, dem Holzfäller und dem Löwen gekommen, um mich zu befreien. Vielleicht hört sie mich. Dann weiß sie, dass ich gleichfalls hier gefangen bin.

Er lauschte und als alles still blieb, versuchte er es ein zweites Mal. Danach setzte er sich ruhig auf seinen Stuhl.

Anfangs passierte nichts, doch auf einmal drang aus weiter Ferne eine leise Mädchenstimme an sein Ohr.

„Aus süßem Mehl der weiße Strand,
Am See, wo ich in Milch mich bade."

Pet war überglücklich. Jessica hatte sein Lied gehört. Plötzlich wusste er auch wieder, wie es weiterging:

„Die Apfelbäume Marzipan,
Im Park die Mauern Streuselkuchen",

sang er. Sofort kam, wenngleich nach wie vor leise, die Antwort:

„Und wer aus Zucker ist, der kann
Mich heut in meinem Schloss besuchen."

Besuchen konnte der alte Fischer Jessica leider nicht und ein Schloss würde sie ihre enge steinerne Zelle kaum nennen, dennoch war Pet zufrieden. Er begann vor sich hin zu pfeifen und als gleich darauf wütend der Wächter herbeieilte, stellte er sich dumm.

„Ich habe ein Liedchen gesungen, was ist daran Schlimmes?"

„Spionin hat Antwort gegeben. Ich genau gehört."

„Hier ist eine Spionin?", fragte Pet mit Unschuldsmiene. „Davon wusste ich nichts. Es war eine Kindermelodie. Was soll sie denn darauf geantwortet haben?"

Der Wächter, unsicher geworden, murrte, dass man das schon noch herausbekommen werde. Dann ermahnte er ihn, so etwas ja nicht wieder zu tun, und zog sich schließlich zurück.

Hoffentlich bekomme ich bald ein Zeichen vom Scheuch, dachte Pet Riva.

DIE BEFREIUNG

Jessica verstand nicht, weshalb die Unterirdischen so mit ihr umsprangen. Warum nannte der Offizier sie eine Spionin, warum sperrte man sie wie eine Feindin in diese Zelle, in der nur ein wackliges Bett mit einer Decke stand? Gab es hier unten etwa verschiedene, miteinander verfeindete Stämme? Wenn sie mit jemandem verwechselt wurde, musste sie das unbedingt aufklären. Sie begriff allerdings, dass das nicht so leicht sein würde.

Sie hatte Hunger und Durst und warf sich erschöpft auf die Pritsche. Ihre einzige Hoffnung war Betty, die ja zuletzt noch unsichtbar gewesen war. Selbst wenn ihre Gestalt wiederkehrte – sie besaßen das Quellwasser im Lederschlauch. Die Prinzessin würde herkommen und ihr davon zu trinken geben. Dann konnten sie sich unbemerkt davonmachen und vielleicht fanden sie ja trotz allem jemanden, der ihnen einen Weg nach oben verriet.

Bei diesen Überlegungen schlief Jessica ein und erwachte erst wieder, als aus einiger Entfernung ein Kinderlied an ihr Ohr drang. So leise es auch war, es weckte sie auf. Es war eine Melodie aus dem Zauberland, die sie gut kannte.

Das Lied, oder besser sein Anfang, erklang ein zweites Mal und zwar sehr holprig. Offenbar war der Sänger in Text und Melodie nicht sattelfest. Aber warum sang er dann? Vielleicht um sich mir bemerkbar zu machen, schoss es ihr durch den Kopf. Ja, genau so musste es sein.

Jessica trat ans Gitter, konnte aber auf dem Gang niemanden entdecken. Die krächzende Stimme war ihr bekannt vorgekommen, ihr fiel bloß nicht ein, woher. Mal sehen, was passiert, wenn ich die beiden nächsten Zeilen singe, dachte sie. Auf diese Art erhielt Pet Riva seine Antwort.

Nach diesem Wechselgesang wusste Jessica immerhin, dass sie nicht allein im Kerker saß.

Möglicherweise stammte der andere Gefangene aber selbst aus dem Zauberland, wenn er ein Lied von dort sang. Von oben also! Dieser Gedanke, so viel Ungewissheit er auch barg, beglückte sie und richtete sie auf.

Durch Klopfzeichen konnte man sich nicht verständigen, dazu waren sie beide zu weit voneinander entfernt. Jessica setzte sich wieder aufs Bett und wartete ab. Ein Wärter kam an die Gittertür und fuhr sie in seiner ungelenken Sprache an, ja nicht noch einmal zu singen, denn das würde ihr schlecht bekommen. Er schob ihr einen Napf Wasser und ein Stück Graubrot in die Zelle. Anscheinend die Abendmahlzeit.

Das Wasser war frisch, doch das Brot knochenhart und bitter. Dennoch schlang Jessica es hinunter – wenigstens konnte sie so ihren Magen beruhigen. Und mit einem Mal geschah, worauf sie sehnlichst gehofft hatte: Ohne dass sie jemanden an der Tür sah, flüsterte es von dort:

„Hallo, Jessica."

„Betty", erwiderte das Mädchen genauso leise, „bist du's?"

„Nicht ganz. Erkennst du mich nicht an der Stimme?"

„Der Weise Scheuch“, sagte Jessica, die ihren Ohren nicht traute. „Der Herrscher der Smaragdenstadt hier, bei diesen Unterirdischen, das kann es doch gar nicht geben!“

„Ist aber so“, erklärte die Strohpuppe, „von Betty übrigens viele Grüße, sie ist jetzt bei uns. Sie ist wieder sichtbar geworden, da hab ich euer Wasser mal an mir ausprobiert.“

Gerade setzte das Mädchen zu weiteren Fragen an, da erlebte sie eine zweite Überraschung. Ein kurzes Jaulen ertönte und aus dem Nichts sprang ein kleiner Hund an ihr hoch. Das heißt, Jessica hörte nur sein freudiges Hecheln und spürte seine Zunge am Gesicht. Vor Schreck stieß sie einen Schrei aus und wäre beinahe hingefallen.

„Sei doch vorsichtig, Knacks“, sagte der Scheuch von der anderen Seite des Gitters her. „Das fehlte noch, dass sich Jessica deinetwegen wehtut.“

„Entschuldige, ich freu mich so“, erklärte Knacks, der klein genug war, sich durch die Stäbe zu zwängen. „Ich konnt’s nicht erwarten, dich zu begrüßen.“

Jessica hatte natürlich tausend Fragen, doch der Scheuch nahm sich nur Zeit, ihr das Notwendigste zu erzählen.

„Warte, bis wir euch hier rausgeholt haben“, sagte er, „dann erfährst du alles genauer.“

„Aber wie wollt ihr das Gitter aufbrechen?“, fragte Jessica. „Ihr seid viel zu schwach dazu.“

„Lass uns nur machen, wir haben einen Plan. Wir suchen jetzt Pet Riva. Hast du eine Ahnung, wo er sein könnte?“

„Irgendwo dort hinten“, erwiderte Jessica und berichtete von dem Lied.

„Dann nimm jetzt einen Schluck vom Zauberwasser, damit du unsichtbar wirst, und warte auf uns. Wir sind gleich zurück.“

Jessica trank und als das Wasser Wirkung zu zeigen begann, huschten Strohpuppe und Hund davon. In dem sonst menschenleeren Kerker, der nur für besondere Gefangene vorgesehen war, machte es keine Mühe, den Alten zu finden.

Pet Riva, obwohl er gehofft hatte, die Freunde bald zu begrüßen, war dennoch verblüfft, ihre Stimmen zu hören.

„Wer ist da?“, fragte er. „Bist du das, Scheuch? Wie habt ihr es geschafft, unsichtbar zu werden?“

„Durch ein ganz bestimmtes Wasser“, erklärte die Strohpuppe. „Wir hatten leider nur sehr wenig davon. Hätte zum Beispiel der Löwe getrunken, der euch gern selber befreien wollte, wäre der Vorrat gleich aufgebraucht gewesen. So aber reicht es noch für dich und Jessica.“

„Dann ist der zweite Gefangene also wirklich Jessica.“

„Genau.“ Der Scheuch erzählte, was inzwischen passiert war.

„Aber wie soll ich hier herauskommen? Die Mauern sind stark und die Gitterstäbe aus dickem Eisen.“ Pet war skeptisch.

„Das werden wir dir sofort erklären. Wir haben uns eine List überlegt“, erwiderte der Scheuch.

Kurz darauf drang lautes Hundegebell aus Pets Zelle und dann das Geschrei des Alten:

„Hilfe, ein Hund! Was macht ein Hund hier? Hilfe, Hilfe!“

Der Wärter, den Knüppel in der Hand, kam angestürzt. Da es hier unten keine Hunde gab, wusste er nichts mit dem Gebrüll des Gefangenen und vor allem mit dem Gebell anzufangen.

„Was hier los, zum Donner!“

Doch es kam keinerlei Antwort und als er in die Zelle blickte, war sie leer.

Der Wärter traute seinen Augen nicht. Der Gefangene musste unters Bett gekrochen sein oder sich unter der Decke verbergen, die dort lag. Dich werd lehren, mich zu veralbern, dachte er und schloss die Tür auf. Kaum näherte er sich jedoch der Pritsche, verspürte er einen heftigen Schmerz am Hinterteil. Jemand hatte seine Zähne hineingegraben.

Der Wärter brüllte auf und schlug mit dem Knüppel nach hinten. Der Angreifer – es musste ein Tier sein – hatte aber schon losgelassen, so dass er in die Luft hieb. Bevor er sich noch besinnen konnte, warfen ihm Geisterhände die Bettdecke über den Kopf. Der Knüppel wurde ihm entrissen, dann schlangen sich starke Flechten um seinen Körper, schnürten ihn unter der Decke ein und zurrten ihm die Arme fest.

„Das reicht“, flüsterte der Scheuch, „er bekommt noch Luft, kann aber nicht mehr laut um Hilfe rufen. Wir kriegen genug Vorsprung.“

„Ich hab's ihm gegeben, was?“, konnte sich Knacks nicht enthalten zu kläffen. „Habt ihr die Schlüssel?“

„Und den Knüppel dazu.“ Pet zog die letzten Knoten fest.

Sie schlossen die Tür hinter sich ab und liefen zurück zu Jessica. Das Mädchen hatte die Kampfgeräusche mitverfolgt und wartete ungeduldig auf ihre Befreiung. So schnell sie konnten, verließen sie das Gefängnis und rannten zu den anderen, die sich hinter einigen großen Steinen versteckt hielten.

„Da sind wir wieder“, rief Knacks schon von weitem, „es hat alles geklappt.“

Jessica und Pet wurden von den Freunden stürmisch begrüßt. Zwar fühlte sich der Holzfäller durch das fehlende Bein behindert und dem Löwen kam es sonderbar vor, dass ihm ein Mädchen am Hals hing, von dem er nicht mal den kleinen Finger sah, aber das tat der Freude keinen Abbruch.

EIN SCHWIERIGER RÜCKWEG

Bis jetzt hatte wirklich alles bestens geklappt; die Begegnung mit Jessica und Betty aber war eine Fügung des Schicksals. Trotzdem warnte der Scheuch davor, übermütig zu werden.

„Die Banditen werden über kurz oder lang die Flucht der Gefangenen entdecken und uns suchen. Wir müssen schnellstens von hier verschwinden!"

„Aber wohin?", wandte der Holzfäller ein, der inzwischen fleißig das Laufen mit Krücken geübt hatte. „Wie kommen wir zur Erdoberfläche zurück? Im Tunnel nach oben wird es nur so von Unterirdischen wimmeln, und die Ausgänge bewachen sie bestimmt doppelt gut."

„Die Ausgänge kämpfen wir frei", sagte der Löwe, „ich jedenfalls habe vor dieser Räuberbande keine Angst."

Betty schüttelte den Kopf.

„Dein Mut in Ehren, aber vergiss nicht, was für eine gute Zielscheibe du abgibst. Ja, wenn du, der Holzfäller und ich gleichfalls unsichtbar werden könnten. Nur ist leider unser letzter Tropfen Zauberwasser aufgebraucht."

„Wir müssen auf Nox Neunfuß warten", schaltete sich Knacks ein. „Er wird wiederkommen. Er kennt hier alle Wege und wird uns zu der Treppe führen, über die Pet und ich gekommen sind. Oder hast du eine Ahnung, Pet, wie wir dort hingelangen?"

„Sie muss sich jenseits des Tales befinden", erwiderte der Alte. „Das müsstest du doch wissen, du hast die Nase dafür."

„Stimmt schon. Aber Nox ist mit mir auf und ab durch hundert Gänge gerannt", entschuldigte sich Knacks. „Da hab ich die Orientierung verloren."

Doch an dieser Stelle auf Neunfuß zu warten, war gefährlich. Sie beschlossen, sich auf einen erhöhten Platz zurückzuziehen, wo es dichtes Flechtengestrüpp gab. Von dort hatten sie eine gute Aussicht und konnten, soweit sie überhaupt sichtbar waren, nur schwer entdeckt werden.

„Warten wir ein paar Stunden auf Nox", sagte der Scheuch. „Gegen Mitternacht sollten wir uns allerdings entscheiden, sonst laufen wir womöglich wieder allesamt als Zielscheiben herum."

Der Holzfäller hatte noch die Idee, zu der Quelle mit dem Zauberwasser zurückzukehren, wenngleich das ein weiter und mühseliger Weg sein musste.

Aber weder Jessica noch Betty Strubbelhaar waren sicher, sie wiederzufinden. Eher würden sie sich alle endgültig in der Höhlenwelt verirren.

Sie suchten ihr neues Versteck auf und hatten das Gestrüpp kaum erreicht, als aus dem Gefängnis lautes Geschrei ertönte. Die Flucht war entdeckt worden. Bewaffnete rannten herbei; der Wärter tauchte, mit den Armen fuchtelnd, vor dem Kerker auf.

„Er erklärt ihnen, dass wir noch nicht weit sein können", vermutete Pet.

„Und wenn sie hierher kommen?", fragte Jessica ängstlich.

„Das ist unwahrscheinlich. Sie glauben bestimmt, dass wir zum Tunnel wollen."

Die Freunde beobachteten das Geschehen aufmerksam. Immer mehr Bewaffnete formierten sich zu Suchtrupps, die in Richtung Tunnel marschierten. Dem Löwen fiel als Erstem auf, dass die Männer Flaschen mit Zauberwasser bei sich trugen. Sie tranken daraus, begannen grünlich zu flimmern und verschwanden von der Bildfläche.

„Da haben wir den Salat", murmelte er, „nun sind unsere Gegner gleichfalls nicht mehr zu sehen. Da können wir uns nur noch auf unsere Nasen verlassen."

„Meine Nase hilft dabei leider kaum etwas", seufzte die Prinzessin.

Eine Gruppe nach der anderen löste sich in Nichts auf, nur ein Trupp marschierte nicht los und behielt die Flaschen voll gefüllt am Gürtel. Er sollte sich wohl in Bereitschaft halten.

Der Scheuch beobachtete zwei Kerle, die es sich ein Stück abseits von den anderen im Moos bequem machten und ihre Knüppel weglegten.

„Siehst du, was ich sehe?“, flüsterte er dem neben ihm sitzenden Pet Riva zu.

„Du meinst die beiden da?“

„Das meine ich. Der eine scheint schon zu schlafen. Ihre Flaschen würden für Betty, den Löwen und den Holzfäller reichen.“

„Du hast Recht“, sagte Pet, „Wenn wir die an uns bringen könnten, wären wir einen großen Schritt weiter.“

„Worauf warten wir dann noch?“ Der Scheuch erhob sich.

Der Löwe, der das Gespräch zum Teil mitgehört hatte, murrte:

„Ihr wollt euch das Wasser holen und weiht mich nicht ein.“

„Es ist besser, Pet und ich machen das,“ erwiderte der Scheuch, „weil wir ja unsichtbar sind.“

„Und was tut ihr, wenn andere Unsichtbare im Hinterhalt liegen, vielleicht nur auf euch warten? Auf meine Nase könnt ihr nicht verzichten.“

„Aber ...“, begann Pet, kam jedoch nicht zu Wort.

„Sie werden mich genauso wenig sehen wie euch“, unterbrach ihn die Raubkatze. „Ihr müsst bloß einen Umweg in Kauf nehmen.“

Sie schlich davon und den beiden blieb nur die Möglichkeit, ihr zu folgen. Sie verließen den Hügel – der Löwe schmiegte sich so in die Bodenwellen, dass er tatsächlich nicht zu entdecken war. Plötzlich jedoch verharrte er am Fleck.

„Da ist ein Suchtrupp. Wollen wir kämpfen?“

„Bist du verrückt? Damit würden wir sie doch erst auf uns aufmerksam machen“, gab der Scheuch zur Antwort. Er und Pet hatten nichts von Bewaffneten gemerkt.

„Dann zurück und nach rechts!“, kommandierte leise der Löwe. „Schnell hinter den Stein dort!“

Sie verkrochen sich in einer Höhlung. Gleich darauf ertönten Schritte und schwache Pfeifgeräusche. Die Unsichtbaren ließen ihre Knüppel durch die Luft sausen, um so die Gegner aufzuspüren.

Ein Knüppel knallte gegen ihren Fesbrocken und die drei duckten sich tiefer.

„Hier nur Steine“, krächzte eine Stimme. Die Unterirdischen trappten vorbei, ohne etwas zu entdecken.

„Beim nächsten Mal bekommen sie meine Zähne zu spüren“, fauchte der Löwe. „Merkt ihr nun, dass ihr mich braucht?“

„Ja, wir haben's begriffen“, versicherte Pet.

„Dann kommt weiter.“

In der Nähe des Reservetrupps blieb der Löwe, von einem Erdhügel gedeckt, zurück.

„Jetzt versucht euer Glück. Wenn ihr in Schwierigkeiten geratet, greife ich ein. Ich lasse nicht zu, dass noch mal einer von uns eingesperrt wird.“

Der Scheuch und Pet schlichen zu den beiden Männern, auf die sie es abgesehen hatten. Mit dem Rücken an einem Steinbrocken lehnend, schnarchte der eine Unterirdische leise vor sich hin, während der andere krampfhaft die Augen offen zu halten suchte. Die wertvollen Flaschen waren an ihren Gürteln befestigt.

Pet und der Scheuch packten gleichzeitig zu. Während die Strohpuppe aber keine Mühe hatte, die Flasche aus dem Gürtel zu ziehen, musste der Alte erst eine Schnur lösen. Der Bewaffnete, der ohnehin nicht richtig schlief, stieß ein Gurgeln aus und griff nach der Hand des Angreifers. Bestimmt hätte er auch losgebrüllt, hätte ihm Pet nicht geistesgegenwärtig ein Bündel Moos in den Mund gestopft.

Statt zu schreien oder sich zu wehren, begann der Mann zu husten und zu spucken. Der Alte konnte sich losreißen, die Flasche an sich bringen und gemeinsam mit dem Scheuch das Weite suchen.

Hinter ihnen allerdings erhob sich lautes Geschrei. Der Schnarcher, nun gleichfalls wach geworden, brüllte.

„Achtung! Spione greifen uns an!“

Auf dem Lagerplatz brach Tumult aus, doch die drei störte das nicht mehr. Kaum außer Reichweite der Waffen, gab Pet die eine der eroberten Flaschen an den Löwen weiter.

„Hier, nimm das und beeil dich!“

„Ich werde sie austrinken müssen“, sagte der Löwe zögernd.

„Das macht nichts. Wir haben ja noch eine.“

Der Löwe setzte sich aufs Hinterteil, nahm die Flasche in die Vorderpfoten und begann zu schlappen. Nach einer Weile wurde er erst in der Mitte, dann unten und oben durchsichtig. Schließlich war nur noch die Flasche zu sehen.

„Wirf sie nicht weg, eine Trinkflasche kann man immer gebrauchen.“ Der Scheuch freute sich sehr über ihren Erfolg.

Sie kehrten ins Versteck zurück, wo die anderen schon in Sorge waren.

„Ihr hättet uns ruhig in euren Plan einweihen können“, tadelte die Puppe.

„Wir mussten schnell handeln, um die einmalige Chance zu nutzen“, verteidigte sich der Scheuch.

Kurz darauf waren auch Betty und der Holzfäller unsichtbar.

„Selbst wenn ich durch mein fehlendes Bein behindert bin“, sagte der Eisenmann, „nun habe ich wieder Hoffnung, zu meinem geliebten Volk der Zwinkerer zurückzukehren.“

DIE BITTE DES ROTEN FÜRSTEN

Die Wartezeit war fast abgelaufen, da raschelte es im Gebüsch. Nox Neunfuß richtete sich zwischen ihnen auf und fragte: „Bist du das, Hu...hund?“

„Wir sind's“, erwiderte Knacks. „Wie hast du uns gefunden, ohne uns zu sehen?“

„Meine Höhlennase. Muss oft mit Unsichtbar kämpfen. Aber woher Zauberwasser?“

Die Freunde erzählten ihm vom Überfall auf die Bewaffneten, Jessica außerdem von der Quelle jenseits der Berge.

„Die müsstest du eigentlich kennen“, sagte sie.

„War nie lange weg von Rotfürst“, gab der Vielfüßler zur Antwort, „kenne nicht Land hinter Bergen. Leider.“

„Das Zauberwasser hätte für euch viele Vorteile“, schaltete sich die Prinzessin ein.

„Stimmt. Werde suchen.“

„Das solltest du wirklich tun“, sagte der Scheuch, „aber jetzt bitten wir dich sehr, uns einen Weg zur Erdoberfläche zu zeigen. Wir müssen unbedingt nach Hause zurück.“

„Werde helfen. Doch auch Rotfürst hat Bitte an euch.“

„Was denn für eine Bitte?“, wollte der Holzfäller wissen.

„Ihn besuchen, bevor zurück.“

Der Scheuch zögerte.

„Wir möchten deinem Herrn ja gern unsere Aufwartung machen, aber ich befürchte, wir haben keine Zeit. Offenbar will der Grüne Fürst die Smaragdenstadt angreifen.“

„Das wissen“, erklärte Nox. „Doch Burg von Rotfürst am Weg.“

„Wenn es so ist, sollten wir der Bitte Folge leisten“, stellte der Holzfäller fest. „Der Fürst müsste es sonst als Kränkung empfinden.“

„Na gut“, willigte der Scheuch ein und der Löwe sagte:

„Da er uns Nox zu Hilfe schickt, ist es nur recht und billig, wenn wir seinem Wunsch entsprechen.“

Sie machten sich auf den Weg quer durch das Tal, direkt an der Burg des Grünen Fürsten vorbei. Bis auf Nox waren sie ja unsichtbar und hier würde der Gegner sie am wenigsten vermuten. Fast lautlos – der Holzfäller auf dem Löwen reitend – schlichen sie an einem Platz vorbei, wo Soldaten das Bogenschießen übten. Auch mit altertümlichen Flinten wurde herumgeballert.

Dann gelangten sie zur gegenüberliegenden Felswand und tauchten in einen hinter Flechten verborgenen Tunnel ein. Nach einem längeren Marsch erreichten sie die Höhle mit dem See, die Knacks bereits kannte.

Am Wasser lümmelten zwei Soldaten. Sie sollten dafür sorgen, dass niemand in die feindliche Festung hinein- oder herauskam.

„Was machen wir mit ihnen?“, fragte der Löwe. „Soll ich sie ins Wasser werfen?“

„Nein, ich lenken ab“, erwiderte Nox. „Sonst bloß rufen Verstärkung.“ Feuerspuckend sauste er auf die Wächter zu, so dass sie trotz ihrer Knüppel zurückwichen. Dann verschwand er in einer Nebenhöhle und die Männer stürzten hinterher.

Jenseits des Sees öffnete sich die Tür. Knacks rief:

„Los, wir müssen schwimmen!"

„Das kann ich nicht." Der Holzfäller zuckte bedauernd die Achseln. Auch Betty und ihr Mann schüttelten den Kopf.

Jessica und Pet waren bereits im Wasser. Der Löwe sagte:

„Kommt schon, ihr drei. Auf meinen Rücken!"

„Und was wird aus Nox?", fragte Jessica.

„Der hilft sich schon selber, gewitzt wie er ist", erwiderte Knacks.

Sie gelangten mit einiger Mühe zur Tür, wo sie schon Rubex, der Diener, erwartete. Da sie ja unsichtbar waren, stellte sich jeder vor, indem er kurz seine Person beschrieb.

Rubex führte sie zum Fürsten, der seine königlichen Gewänder angelegt hatte und ihnen einige Schritte entgegenkam.

„Es gibt euch also in Tat", rief er aus, „die Strohpuppe mit klugem Kopf, den mutigen Löwen, den Eisenmann. Ahnen haben gesprochen von euch, ich wusste allerdings nicht, dass Holzfäller nur ein Bein."

„Ich hab's erst hier unten beim Klettern eingebüßt", erklärte der Holzfäller, „doch es ist nicht so wichtig, solange ich mein gütiges Herz besitze."

„Trotzdem bedaure Verlust", sagte der Fürst. „Leider habe zur Zeit keinen Mechaniker in Diensten."

„Hauptsache, wir sind Verbündete im Kampf gegen diese grünen Banditen."

„Banditen, genau, ist richtiges Wort", bestätigte der Rote Fürst. „Aber nun tretet näher. Trocknet euch und kommt essen. Zu Bedauern kann nur Wurzelsuppe anbieten, die Rubex gekocht."

„Ich habe unterwegs viele Felsennüsse gesammelt", rief Jessica, während sie sich mit großen Tüchern abrubbelte. „Die können wir als zweiten Gang nehmen."

„Bist du berühmtes Mädchen Elli aus Menschenland?", fragte Rubex.

„Aus der Menschenwelt bin ich, doch nicht Elli, sondern Jessica, die Enkelin des bekannten Zauberers Goodwin. Na ja, ein richtiger Zauberer ist mein Großvater nicht.“

„Dafür aber sehr liebenswert“, ergänzte Betty.

Plötzlich war auch Nox wieder da, auf Wegen gekommen, die nur er kannte.

„Hab Wächter ein bisschen an Nase geführt“, sagte er, „haben nichts gemerkt von euch.“

Nach dem Essen sprachen sie über die Zukunft. Noch vor wenigen Stunden hatten der Rote Fürst und sein Diener keinerlei Chance mehr für sich gesehen. Nun gab es wieder etwas Hoffnung.

„Grüne wollen euch angreifen“, sagte der Fürst, „Nox hat Gespräche belauscht. Ging um Erobern eurer Hauptstadt. Wollen mit Schiffen Fluss hinauffahren.“

„Das ist richtig“, erwiderte Pet, „ich sollte für sie die Smaragdenstadt zeichnen und sie haben meinen Kahn gestohlen. Jetzt sind wir allerdings gewarnt. Sie werden kein einziges Schiff mehr bekommen.“

„Haben aber Pferde und sind unsichtbar!“

„Das ist ein Problem“, stimmte der Scheuch zu. „Trotzdem werden wir mit ihnen fertig.“

„Ich habe Entdeckung gemacht, die euch helfen kann.“ Der Fürst kramte in einer Truhe und brachte ein Stück blaues Glas zum Vorschein. Er hielt es sich vor die Augen und schaute den Scheuch an. „In Tat, es funktioniert.“

„Was funktioniert?“, fragte Betty erstaunt.

„Betrachte selber.“ Der Fürst gab ihr das Glas.

Die Puppe schaute hindurch und erblickte unvermutet einen grünlich schimmernden Löwen.

„Du wirst schon wieder sichtbar“, sagte sie enttäuscht.

„Wer wird sichtbar? Der Löwe?“ Die anderen konnten nicht das dünnste Härchen der Raubkatze entdecken.

„Wir alle sind wieder zu sehen. Leider,“ seufzte Betty.

„Das Wirkung von Blauglas“, verkündete zufrieden der Fürst.

Erst jetzt begriff die Prinzessin. Schnell reichte sie die Scherbe weiter. Nacheinander konnten sich der Scheuch und seine Freunde davon überzeugen, dass alles Unsichtbare durch das blaue Glas ans Licht geholt wurde.

„Das ist ja direkt unheimlich“, flüsterte Jessica.

„Großartig ist das. Nun können wir sie packen“, freute sich der Löwe.

„Das ist tatsächlich eine tolle Entdeckung“, bestätigte der Holzfäller.

Der Fürst hatte die Wirkung des blauen Glases durch Zufall entdeckt, als er vom Fenster seiner Felsenfestung aus die unterirdische Straße beobachtete. Aus Langeweile hatte er es vor die Augen gehalten und unvermutet die Unsichtbaren gesehen.

„Zunächst wollte ich gar nicht glauben“, sagte er.

„Kennen die Banditen denn diese Wirkung nicht?“, fragte Pet.

„Besitzen kein blaues Glas. Stück ist ganz alter Schatz.“

„Bestimmt ist es ein Zauberglas“, mischte sich Knacks ein.

„Das werden wir gleich wissen.“ Jessica holte aus der Innentasche eine blaue Sonnenbrille und setzte sie auf. Seit sie in die Höhlen hinabgestiegen waren, hatte sie die Gläser nicht mehr benutzt. „Kein Zauberglas“, stellte sie nun zufrieden fest. „Ich seh euch genauso gut.“

„Das ist fantastisch, blaue Brillen finden sich im Schloss bestimmt“, sagte der Scheuch.

Der Fürst war sehr stolz.

„So ich kann doch noch etwas gegen gefährliche Feinde tun.“

„Wir werden es dir nicht vergessen“, versprach Betty.

Dritter Teil
Der große Graben

MINNIS BEUTE

Der Grüne Fürst schäumte vor Wut, als er von der Flucht der Oberirdischen aus der Höhlenwelt erfuhr. Denn von Nox geführt, hatten die Freunde gefahrlos über die Treppe, die Pet und Knacks schon kannten, wieder ihr geliebtes Zauberland erreicht. Zwei Wächter, die am Ausgang postiert waren, hatte der unsichtbare Löwe mit leichten Tatzenhieben zur Seite gefegt.

„Wir werden Stadt Smaragd trotzdem erobern", verkündete der Fürst, „greifen sofort an, bevor Verteidigung bereit. Übernehme selber Führung."

Mit Booten den Fluss hinaufzufahren, gelang den Räubern allerdings nicht mehr. Sie hatten keine weiteren Schiffe kapern können – Pets Schaluppe aber war längst wieder im Besitz des Alten. So zogen sie zu Fuß los, beritten waren nur der Fürst und die Offiziere. Allerdings hatten sie etliche Pferde- und gepanzerte Kampfwagen im Tross.

Bewaffnet waren die Banditen mit Säbeln, Pfeil und Bogen, Speeren, nägelgespickten Knüppeln und einigen Flinten. Nachdem sie das Ödland durchquert hatten, marschierten sie im Eiltempo voran und versuchten so wenig wie möglich aufzufallen. Dabei bauten sie auf das Zauberwasser, das sie unsichtbar machte, verzichteten auch, ganz entgegen ihren sonstigen Gewohnheiten, auf Plünderungen und Diebstähle.

In der Stadt angekommen, wollten sie dann die Wächter entwaffnen, die wichtigsten Punkte wie Polizeistation, Rathaus und vor allem das Schloss besetzen. Sie wollten den Scheuch entmachten und der Bevölkerung ihre Gesetze aufzwingen. Die Käuer sollten nicht mehr für sich, sondern nur noch für das Höhlenreich arbeiten.

Die Freunde rechneten natürlich mit einem Angriff, ahnten aber nicht, dass er so schnell erfolgen würde. Nach ihrer Rückkehr ergriff der Scheuch zwar die notwendigen Maßnahmen – er verstärkte die Torwachen, ließ Waffen an die wehrfähigen Männer verteilen. Doch beim Beschaffen des Wichtigsten, der blauen Brillen, gab es Schwierigkeiten. Sie waren schwerer aufzutreiben als gedacht. Bei den Optikern und im Palast selbst lagerten, der Tradition entsprechend, hauptsächlich grüne Augengläser, blaues Glas für die Verteidiger musste dagegen erst hergestellt werden. Aber als der Auftrag dazu erteilt wurde, waren die Feinde bereits an der Landesgrenze.

Minni, die kaninchengroße braune Waldspinne, bekam es als erste mit ihnen zu tun. Da sie sehr abgeschieden lebte, hatte sie keine Ahnung von den Vorgängen um die Unterirdischen. An einem heißen Tag dämmerte sie in ihrer Baumhöhle am Rand des Finsterforstes dahin. Sie hatte ihr Netz wie stets griffbereit und träumte von fetter Beute. Als sie am Boden Tritte hörte, schleuderte sie es aufs Geratewohl nach unten.

Das Seil, an dem das Netz hing, straffte sich – ein Fluchen ertönte und das Strampeln war bis nach oben zu spüren. Minni beeilte sich, die Last hochzuziehen. Wie erstaunt war sie jedoch, als sie in dem eisenfesten Gespinst nichts als Luft sah. Und das, obwohl das Gezappel weiterging, das Fluchen noch lauter erscholl.

Die Spinne fuhr zurück; was für Teufelszeug hatte sie sich da eingefangen? Die Stimmen, obgleich kehlig und schwer verständlich, waren die von Männern und Minni schätzte Menschen als Beute nicht besonders. Dennoch hätte sie das Geheimnis gern erkundet. Sie griff vorsichtig nach den Opfern – es mussten zwei sein –, doch in diesem Augenblick vernahm sie unten die Schritte von weiteren Personen. Rufe hallten herauf und ein Pfeilhagel umschwirrte sie. Eins der Geschosse streifte sie am Bein, so dass sie erschrocken in die Baumhöhle flüchtete. Dabei lockerte sie den Griff, das Netz öffnete sich und zwei Körper schlugen krachend auf den Boden. Dass es Körper waren, konnte die Spinne freilich nur vermuten.

Erneut ein Schwall von Pfeilen, doch nun war Minni in Sicherheit. Als sich die Lage etwas beruhigt hatte, schielte sie mit ihren Stielaugen nach unten. Jetzt konnte sie einige schemenhafte Gestalten ausmachen, die sich zu beraten schienen. Gespenster, dachte die Spinne und ihr war mulmig zu Mute. Etwas erleichtert war sie erst, als der Trupp, der es offenbar eilig hatte, weiterzog.

Nach einer Weile wagte sich Minni wieder aus ihrem Versteck und lief ein Stück den Baum hinunter. Unvermutet vernahm sie ein leises Pfeifen.

„Kannst ruhig runterkommen, sie sind längst weg“, fiepte eine Stimme. Es war Larry Katzenschreck, ein im Zauberland sehr bekannter Mäuserich. Wenn sie sich auch oft mit ihm stritt, auf seine Freundschaft mochte sie nicht mehr verzichten.

„Bist du sicher? Gespenster wie die können sich überall versteckt halten.“

Ein Kichern ertönte. Larry, im Gras sitzend, erwiderte:

„Gespenster? Wer glaubt denn an solchen Unsinn? Na ja, ein Baumhocker wie du hat natürlich keine Ahnung vom Geschehen ringsumher. Das sind Unterirdische, die sich unsichtbar machen können. Sie kommen aus irgendwelchen Höhlen und wollen die Smaragdenstadt angreifen.“

„Etwa den Scheuch und seine Frau Betty?“, fragte die Spinne überrascht. „Woher willst du das wissen?“

„Die Amsel Tütü hat’s gehört und einer meiner Schwägerinnen mitgeteilt“, erwiderte Larry. „Ich hab’s gestern erfahren. Du weißt ja, der Mäusebuschfunk arbeitet schnell.“

„So ist das also“, krächzte Minni. „Hätte ich das gewusst, hätte ich die beiden Kerle nicht so einfach freigegeben.“

„Dir war wohl eher der Schreck in die Glieder gefahren“, berichtigte Larry unrespektierlich. „Aber wie nun immer. Diese Banditen sind gefährlich, deshalb müssen wir den Scheuch informieren, dass sie bereits am Finsterforst sind. Dann also bis später.“ Er verschwand in einem Mauseloch.

Minni, noch immer verwirrt, kehrte auf ihren Baum zurück.

„Da kriegt man es neuerdings auch noch mit Leuten zu tun, die einen mit Pfeilen bepflastern, ohne dass man sie sehen kann“, murmelte sie. „Eine schöne Bescherung.“

DIE VERHEXTE FORMEL

Larrys Botschaft traf im Palast ein, als der Löwe über die Vogelpost gerade einen Brief an den Elefanten Dickhaut schicken wollte. Um die Verteidigungsfront zu stärken, sollten er und seine Söhne aus dem Tierreich schnell hierher kommen.

„Wir würden es auch allein schaffen", sagte die Raubkatze, „aber mit den Elefanten ersparen wir uns unnötige Opfer."

Doch inzwischen hatte sich die Situation verändert. Wenn die Unterirdischen bereits am Finsterforst waren, würden die Dickhäuter zu spät in der Stadt eintreffen.

„Besser spät als gar nicht", riet der Scheuch. „Gib ihnen trotzdem Bescheid."

„Na gut, aber danach werde ich den Banditen entgegengehen und mir diesen Grünen Fürsten mal aus der Nähe anschaun."

Der Löwe sprach von „anschaun", weil für ihn bereits eine blaue Brille gefunden war. Die größte, die sie aufgetrieben hatten. Damit er sie nicht verlor, hatte Jessica ihm ein goldfarbenes Halsband genäht und sie mit Schnüren daran befestigt. Da im Zauberland meist die Sonne schien, setzte der Vierbeiner sie sehr gern auf.

„Wir müssen Zeit gewinnen", erklärte Betty. „Wie sieht's aus, Pet? Könntest du nicht deine Zauberangel benutzen?"

Die anderen blickten etwas skeptisch drein. Dem Löwen war gut in Erinnerung, dass er bei einem ihrer Abenteuer in ein Miezekätzchen verwandelt worden war; der Scheuch und sein Minister Din Gior sahen sich noch als ungeschlachte Riesen herumstapfen.

„Daran habe ich auch schon gedacht", erwiderte der Alte und tat, als bemerke er die Zweifel seiner Freunde nicht. „Ich könnte vielleicht draußen, vor den großen Feldern, einen Berg herbeihexen, den sie dann erst umgehen müssten."

Der Löwe winkte ab.

„Wenn ich ihnen die Pranken zeige, hält sie das länger auf."

„Aber es bringt dich unnötig in Gefahr." Betty dachte an die Pfeile und Speere.

„Eine Dornenhecke wäre besser", schaltete sich der Eiserne Holzfäller ein. „Sie sollte möglichst lang und undurchdringlich sein."

„Wenn ihr meint? Die Formel für Dornenhecken müsste in einem meiner alten Bücher stehen."

„Dann geh und such sie heraus", bat Betty. „Es darf bloß nicht lange dauern."

„Ich bin schon weg", gab Pet zur Antwort. „Ihr trefft mich dann am Weizenfeld, bei den Rotbuchen."

„Macht, was ihr denkt", murrte der Löwe, „ich werde mir die Bande auf jeden Fall vornehmen." Die Brille auf der Nase, trollte er sich davon.

Jessica wäre ihrem Freund gern gefolgt, aber der Scheuch und seine Frau würden sich zu große Sorgen machen. Sie beschloss, mit dem Holzfäller am Haupttor Posten zu beziehen. Schließlich hatte sie die Beste aller blauen Brillen.

Betty und Din Gior blieben im Schloss, während der Scheuch Pet Riva unterstützen wollte. Als er bei den Rotbuchen ankam, saß der Alte bereits auf einem Stein und vertiefte sich in ein vergilbtes Blatt Papier.

„Schleppst du die Zauberformeln neuerdings als fliegende Blätter mit dir herum?“, wollte der Scheuch wissen.

„Ich kann mir den Text so schlecht merken und das Buch war zu schwer“, gestand der Alte kleinlaut. „Da hab ich das Blatt herausgerissen. Ich kleb es später wieder ein.“

„Hauptsache, der Spruch funktioniert“, sagte der Scheuch.

Pet, einige unverständliche Wörter murmelnd, nahm die Angel zur Hand. Dabei passierte ihm aber ein Missgeschick. Er ließ die Buchseite los, die sofort von einem Windstoß erfasst wurde. Bevor er sich’s versah, wirbelte sie über die Wiese davon.

„Ribifax, Kehraus, Dornenbusch“, rief der alte Fischer und schwenkte verzweifelt seine Zauberangel. Doch erfolglos. Um die Hecke zu erschaffen, hätte es der vollständigen Formel bedurft.

Der Scheuch erkannte die Lage und rannte hinter dem Papier her. Pet, der die richtige Formel brauchte, folgte ihm.

Doch der Wind spielte mit dem Blatt Papier, wirbelte es hierhin und dorthin, schleuderte es schließlich in ein Gebüsch. Als der Scheuch es endlich wieder in den Händen hielt, war es zerfetzt und fleckig. Der Alte kam herangestolpert und keuchte:

„Ein Glück, dass du es erwischt hast. Beinahe wäre alles verloren gewesen.“

„Es ist schmutzig. Man kann den Text kaum noch entziffern.“

„Es wird schon gehn“, erwiderte Pet und nahm das Blatt entgegen. Er wischte es vorsichtig mit dem Ärmel ab, studierte es, indem er es nahe an die Augen hielt. Endlich erklärte er:

„Jetzt hab ich’s. Jetzt wird es klappen!“

Der Scheuch, der eine solche Situation schon öfter erlebt hatte, trat lieber zwei Schritte zurück. Pet jedoch, die Angel schwingend, rief laut:

„Ribifax, Kehraus, Sand und Gestein,
Schlitze die Erde, schneide hinein!“

Diese Formel kam dem Scheuch sonderbar vor, zumal er nichts von einem Dornenbusch hörte. Bevor er aber protestieren konnte, gab es einen Donnerschlag, das Gebüsch vor ihnen wurde von einem Blitz getroffen und die Erde tat sich auf. Erschrocken sprangen beide zurück.

Als sich der Rauch verzogen hatte, rief der Scheuch:

„Was hast du gemacht? Ich kann keine Dornenhecke entdecken. Stattdessen ist ein langer Graben entstanden.“

„Entschuldige“, brummte Pet, „ich hab wohl in der Aufregung die Formel auf der Rückseite benutzt. Ich werde es gleich wieder gutmachen.“

„Gutmachen? Nein. Warte noch einen Moment!“

„Wir haben nicht viel Zeit“, erwiderte Pet zerknirscht.

„Der Graben ist tief und so breit, dass ihn kein Mensch überspringen kann“, fuhr der Scheuch unbeirrt fort. „Er ist auch sehr lang – rechts scheint er bis zum großen Mohnfeld zu reichen, links kann ich kein Ende erkennen.“

Pet dämmerte es.

„Du meinst, die Unterirdischen müssten hier Halt machen?“

„Zumindest müssen sie Bäume für eine Brücke fällen.“

„Das kann aber dauern und wir würden es bemerken“, ergänzte Pet.

„Genau. Wir werden Wachen an diesen Graben beordern, auch wenn wir nicht für alle blaue Brillen haben.“

Inzwischen hatten sich einige Vögel genähert, denen das Ereignis nicht verborgen geblieben war. Der Scheuch erklärte ihnen, worum es ging.

„Fliegt in die Dörfer“, sagte er, „und bittet die Bauern, Posten an diesem Graben aufzustellen. Wer eine blaue Sonnenbrille besitzt, soll sie unbedingt aufsetzen.“

Die Vögel schwirrten davon und Pet Riva fragte:

„Was machen wir inzwischen? Bleiben wir hier?“

„Am besten beobachten wir die Gegend von dem Hügel dort“, erwiderte der Scheuch. „Ich habe den Torwächter Faramant beauftragt, mit einigen Leuten und der entsprechenden Ausrüstung zu uns zu stoßen.“

EIN LÖWE MIT BRILLE

Zu diesem Zeitpunkt hatte der Löwe die Gegend mit dem neu entstandenen Graben längst hinter sich gelassen. Er hatte den Gelben Backsteinweg genommen und war am Fluss entlanggelaufen, dabei immer nach den Feinden Ausschau haltend. Doch noch war nichts zu riechen, zu hören oder gar zu sehen.

Wer weiß, ob sie hier vorbeikommen, sagte sich der Löwe. Vom Finsterforst führen verschiedene Wege zur Smaragdenstadt. Es war wohl doch etwas unüberlegt, allein loszuziehen.

Die Gegend war eben und von allerlei Gebüsch durchsetzt. In der Ferne sah man ein Gehöft. Ich werde die Leute dort fragen, ob sie etwas Verdächtiges bemerkt haben, dachte die Raubkatze. Hoffentlich bekommen sie es nicht mit der Angst zu tun, wenn ich mich zeige.

Genau das war aber der Fall. Zumal der Bauer mit den Knechten auf dem Feld arbeitete. Auf dem Hof hielt sich nur seine Frau mit ihrem kleinen Jungen auf. Als der Löwe am Tor erschien, fütterten sie gerade die Hühner.

Im Reich der Käuer gab es sonst keine Löwen und die Frau stieß einen lauten Schrei aus. Eilig riss sie ihr Kind an sich, rannte ins Haus und verriegelte die Tür.

Auch die Hühner stoben nach allen Seiten davon. Der Löwe hätte sich gern eins gegriffen, doch das verbot sich – er war ja Gast in diesem Land. Missmutig trottete er zum Haus.

„Macht auf, ihr braucht keine Angst vor mir zu haben", sagte er. „Ich will nur eine Auskunft."

Stille. Die Frau fürchtete sich zu sehr, um zu antworten. Der Junge aber, der durchs Schlüsselloch spähte, rief:

„Warum hat ein großer Hund wie du eine Brille auf?"

Fast etwas beleidigt erklärte der Vierbeiner, dass er mehr als ein Hund sei und weshalb er die blauen Gläser trage.

Von den Unsichtbaren hatte die Bäuerin schon gehört. Sie schöpfte ein wenig Vertrauen. Zwar entriegelte sie die Tür nicht, doch sie berichtete, dass vorhin vom Weg drüben am Weiher unheimliche Geräusche herübergedrungen wären. Schritte, kehlige Laute, Knirschen von Wagenrädern. Und kein Mensch zu sehen.

„Wann war das?", wollte der Löwe wissen.

„Ich sagte doch, vorhin. Es ist noch keine Stunde her."

Der Löwe fand kaum die Zeit für ein Dankeschön. Im Nu war er am Weiher und nahm Witterung auf. Es roch, wenn auch schwach, nach dem Schweiß und Lederzeug der Unterirdischen. Larry Katzenschreck hat also Recht gehabt, dachte er, sie sind bereits auf dem Weg in die Smaragdenstadt. Aber diese Suppe werde ich ihnen versalzen.

Mit Riesensätzen eilte er hinter den Banditen her. Es dauerte auch nicht lange und er bekam sie ins Visier. Eine Kolonne von Bewaffneten, an deren Ende Pferdewagen rollten, wohl zum Abtransport der Beute gedacht.

Zunächst wollte der Vierbeiner die Feinde von hinten angreifen, aber dann bemerkte er vorn mehrere Reiter. Einer davon konnte der Grüne Fürst sein. Wenn er den schnappen würde, wäre die Schlacht schon halb entschieden.

Um nicht zu früh entdeckt zu werden, umging der Löwe die Kolonne in weitem Bogen und suchte sich dann ein günstiges Versteck. Im Eilschritt kamen die Bewaffneten heran. Die Pferde witterten nichts, denn die Raubkatze hatte ihren Hinterhalt entgegen der Windrichtung gewählt.

Der Mann mit einem Smaragden an der Pelzmütze – es musste der Grüne Fürst sein – ritt zwischen mehreren Offizieren und war schwer anzugreifen. Aber der Vierbeiner konnte den günstigen Zeitpunkt unmöglich verstreichen lassen. Mit lautem Gebrüll schoss er aus seinem Versteck auf die Gruppe zu. Ein wildes Durcheinander entstand.

Die Pferde, zu Tode erschrocken, scheuten, ein Reiter wurde abgeworfen, das Fußvolk dahinter wich zurück, stieß einander um. Fast hätte der Löwe den Fürsten erwischt, doch er musste den Hufen ausweichen und die Attacke eines Offiziers abwehren, der mit dem Säbel auf ihn einschlug. Er packte den Mann am Bein und wirbelte ihn in den Staub. Aber nun gingen die anderen Gäule durch. Auch das Ross des Fürsten – es brach aus und raste mit seinem Reiter über die Felder davon.

Der Löwe brauchte eine Weile, bis er sich aus dem Knäuel von Tier- und Menschenleibern lösen konnte. Die Krieger, die ein solch wildes Tier nicht kannten und nicht begriffen, wieso es sie trotz des Zauberwassers sah, waren wie gelähmt oder liefen nach allen Seiten auseinander.

„Ich werd euch lehren, uns zu berauben!“, brüllte der Löwe und verteilte Tatzenhiebe nach rechts und links. Dann wollte er die Verfolgung des Grünen Fürsten aufnehmen. Doch die Soldaten weiter hinten besannen sich und überschütteten ihn mit einem Pfeilregen. Zwei Pfeile trafen ihn und brachten ihn so in Wut, dass er nun die Schützen attackierte. Plötzlich aber wurde ihm schlecht. Die Pfeilspitzen waren offenbar mit Gift getränkt.

Der Löwe musste sich zurückziehen. Die Unterirdischen schickten ihm noch einige Geschosse hinterher, trauten sich aber nicht, ihm nachzusetzen – wer wusste, welche Bestien es in dieser Gegend noch gab. Weit kam die Raubkatze freilich nicht. Bereits hinterm ersten Hügel sank sie kraftlos ins Gras.

Vom Fluss näherte sich mit langsamem Flügelschlag der Storch Klapp. Er sah den Löwen und landete neben ihm.

„Was ist denn mit dir los?“, fragte er. „Wer hat dich so zugerichtet?“

„Du bist es, Klapp? Wie hast du mich gefunden?“

„Jessica hat mir erzählt, dass du die Unterirdischen aufspüren willst“, erklärte der Storch. „Waren sie's?“

„Ja ... ich konnte sie leider ... nicht aufhalten.“ Die Stimme des Löwen war nur ein Hauch.

„Vielleicht kann ich die Pfeile herausziehen.“ Klapp packte einen mit seinem langen Schnabel.

Der Löwe brüllte vor Schmerz.

„Lass das. Sie haben Widerhaken.“

„Dann komm mit ins nächste Dorf. Die Spitzen müssen heraus, sonst entzünden sich noch die Wunden.“

Der Löwe wollte sich erheben, sank aber mit einem Röcheln zurück und wurde ohnmächtig. Klapp stupste ihn an.

„He, du willst doch nicht etwa sterben?“

Keine Antwort. Der Storch wiegte den Kopf.

„Das hat man nun davon. Er immer mutig drauflos und die anderen haben die Scherereien. Hoffentlich macht er nicht endgültig schlapp. Ich glaube, ich muss mich beeilen.“ Er startete ungewöhnlich schnell, um sich nach Hilfe umzusehen.

DER JÄGER

Das Pferd des Grünen Fürsten raste über Stock und Stein, war nicht zu bändigen. Schließlich, als es über einen Bach setzte, konnte sich sein Reiter nicht mehr halten und wurde zu Boden geschleudert. Benommen blieb er eine Weile liegen.

Sein Ross war weitergerannt – als der Fürst zu sich kam, rief er vergeblich nach ihm. Dann rappelte er sich mühsam auf. Er hatte sich wehgetan und humpelte, doch er wollte unbedingt zurück zu seinen Leuten. Aber in welche Richtung sollte er gehen? Er ahnte nicht, dass er sich nach der Sonne richten konnte, denn er kannte sich nur in seiner Höhlenwelt aus. Also fluchte er und drehte sich dreimal im Kreis, bevor er eine Richtung einschlug, die er für die richtige hielt.

Doch der Fürst irrte sich. Statt seine Truppen zu finden, entfernte er sich nur weiter von ihnen. Als er es merkte, fluchte er noch lauter. Plötzlich hörte er ein Pferd schnauben. Das musste seine Stute sein. So schnell es ging, durchbrach er das Gebüsch. Gleich darauf stand er auf einem freien Platz. Neben einer Holzhütte war ein Gaul angepflockt. Allerdings war es ein fremdes Pferd.

Ganz egal – er konnte nicht länger zu Fuß durch die Gegend irren. Darauf bauend, dass er unsichtbar war, humpelte der Fürst näher und griff nach den Zügeln.

Ein Jäger, eine Schrotflinte in der Hand, trat aus der Hütte. Er hatte ein Geräusch gehört.

„Was ist denn los, Benjamin?“, sagte er zu seinem Pferd, das in diesem Moment erschrocken zu wiehern begann. Dann ging alles sehr schnell. Eine Geisterhand löste den Strick, mit dem es angebunden war, es duckte sich und begann zu bocken, denn der Fürst saß im Sattel. Schließlich galoppierte es aber davon. Der Jäger, nach kurzer Verblüffung, hob die Flinte und gab einen Schuss ab. Er hatte keine Angst vor Gespenstern.

Um sein Pferd nicht zu verletzen, hatte der Jäger in die Luft gezielt, dem Fürsten dabei aber die Mütze vom Kopf geschossen. Wieder machte der Gaul einen Sprung und wieder verlor der Reiter das Gleichgewicht, krachte zu Boden. Diesmal würde er das Bewusstsein nicht so schnell wiedererlangen.

Der Jäger rannte zu seinem Pferd und stolperte dabei über einen am Boden liegenden Körper. Von wegen Geist, dachte er, das muss einer von diesen Unsichtbaren sein, die in letzter Zeit so viel Unheil anrichten. Offenbar hat ihn der Sturz stark mitgenommen. Ich werde ihn sicherheitshalber fesseln.

Er beruhigte sein Pferd und holte einen Strick. Der Fremde lag wie leblos da und der Jäger, ihn abtastend, band seine Hände zusammen. Es heißt, dass sie irgendwann wieder sichtbar werden, sagte er sich, ich werde einfach abwarten.

Ein großer weißer Vogel setzte neben ihm auf.

„Guten Tag, Jäger. Ich bin Klapp, der berühmte Storch, ein Freund des Weisen Scheuch. Ich brauche deine Hilfe."

Klapp hatte den Jäger von oben gesehen und sich überlegt, dass er dem Löwen bestimmt helfen könnte. Unständlich erklärte er, was geschehen war.

Der Jäger wunderte sich an diesem Tag über gar nichts mehr, nicht einmal über einen Löwen, der gegen Unsichtbare kämpfte. Er fragte nur: „Und was mache ich mit dem hier?"

„Sperr ihn einstweilen in die Hütte", erwiderte der Storch.

Der Jäger trug den bewusstlosen Fürsten in die Hütte und band ihn an einer Bank fest. Der Storch aber, der draußen wartete, sah plötzlich eine grünlich flimmernde Mütze am Boden. Vorn trug sie einen großen Smaragden.

„Du scheinst einen besonderen Fang gemacht zu haben", sagte er zu dem Jäger. „An seiner Mütze glitzert ein Edelstein."

Der Jäger freute sich, weil die Mütze wieder sichtbar wurde.

„Gehn wir zu deinem Löwen", erwiderte er, „vielleicht kann er uns sagen, um wen es sich handelt."

Der Storch schwang seine Flügel und der Jäger bestieg eilig sein Pferd. Als sie bei dem Vierbeiner anlangten, schien der völlig gelähmt, gab kein Lebenszeichen mehr von sich.

„Das sieht böse aus“, sagte der Jäger und suchte den Puls zu ertasten. Dann holte er sein Messer hervor. „Ein bisschen Atem ist noch in ihm. Wir müssen ihn von diesen Pfeilen befreien.“

Beim ersten Schnitt zuckte nur Klapp zusammen; den Löwen schien der Schmerz nicht zu erreichen. Beim zweiten Schnitt zitterten die Barthaare, aber man wusste nicht, ob es vom Wind war. Beim dritten seufzte der Löwe auf und als der Jäger die Pfeile herauszog, stöhnte er laut. Doch er wurde gleich wieder still, blinzelte nicht einmal. Der Jäger verpflasterte die blutenden Wunden; er hatte seine Medizintasche mitgenommen. Aus einer Flasche flößte er dem Löwen einen Heiltrunk ein.

„Nun brauchen wir ein Weilchen Geduld“, sagte er. „Hoffen wir, dass die Operation geglückt ist.“

Inzwischen hatten sich die Unterirdischen wieder gesammelt und die Offiziere beratschlagten, wie es weitergehen sollte. Ein Suchtrupp wurde nach dem Fürsten ausgeschickt, doch der schien wie vom Erdboden verschluckt. Ratlosigkeit breitete sich unter den Männern aus. Eine solche Situation war nicht vorgesehen.

Der Adjutant des Fürsten, ein finster blickender Mann mit Namen Bar, wollte das Kommando an sich reißen.

„Fürst wird zu uns stoßen“, behauptete er. „Wir müssen voran und Stadt Smaragd erobern.“

Doch ein jüngerer Offizier widersprach ihm. Sein Vater hatte einst zu den Vertrauten des Roten Fürsten gehört und er selbst zweifelte schon lange an der Richtigkeit solcher Raubzüge, hätte lieber mit den Oberirdischen zusammengearbeitet. Er wusste auch, dass viele der Krieger ähnlich dachten. Besonders jetzt, da niemand ahnte, was noch für Gefahren drohten.

„Warten wir lieber weiter auf Fürst“, sagte er. „Vielleicht sollten wir Feldzug sogar abbrechen. Haben viele Verwundete durch wilde Bestie. Wer weiß, welche Opfer sonst noch.“

Aber Bar setzte sich durch. Er beschimpfte den jungen Offizier als Feigling, der mit seinen Anhängern ruhig in die Höhlenwelt zurückkehren könne, wenn er Angst habe.

„Stadt Smaragd unser, auch ohne dich!“, schrie er. „Später, wenn wir reich, du wirst um Anteil winseln.“

So brach die Kolonne wieder auf. Doch viele der Bewaffneten hatten Furcht, fühlten sich unsicher und führungslos.

DIE FALLE

Die Vögel verbreiteten überall die Nachricht vom großen Graben und durch Tütü erfuhr auch Jessica davon.

„Was sitzen wir untätig herum“, sagte sie zum Eisenmann, „schauen wir uns lieber an, was Pet gezaubert hat.“

Der Holzfäller überlegte.

„Ein Graben ist nicht schlecht, damit könnte man den Feinden eine Falle stellen.“

„Wie meinst du das?“

„Darüber muss ich noch nachdenken. Es ist nur so eine Idee.“

Ihre blauen Brillen auf den Nasen, machten sie sich zu den Rotbuchen auf, wo inzwischen eine Kompanie Käuer eingetroffen war, um die Unsichtbaren „würdig“ zu empfangen. Die Männer gingen entlang des Grabens hinter dichtem Buschwerk in Deckung.

„Dieser Graben ist eine feine Sache“, sagte der Holzfäller, „aber ihr habt eins nicht bedacht. Was geschieht, wenn die Unterirdischen drüben auf der anderen Seite stehen?“

„Sie können nicht weiter“, gab der Scheuch zur Antwort, „und müssen einen großen Umweg machen.“

„Na gut, aber vielleicht rächen sie sich dann und verwüsten das Land, während wir hier festsitzen.“

„Stimmt, das habe ich mir gar nicht überlegt“, erwiderte der sonst so weise Scheuch ein wenig schuldbewusst.

„Das würde meinem Herzen wehtun“, erklärte der Holzfäller.

Pet Riva hob seine Angel.

„Weißt du eine bessere Lösung? Soll ich den Graben wieder wegzaubern?“

„Auf keinen Fall. Freilich brauchen wir eine Brücke.“

Die anderen drei schauten sich fragend an. Jessica schaltete als erste.

„Du willst, dass sie unter ihnen zusammenbricht?“

„Genau. Sie dürfen bloß keinen Verdacht schöpfen!“

Es war keine Zeit zu verlieren; sie machten sich umgehend ans Werk. Bäume wurden gefällt, entästet und auf die notwendige Länge gebracht. Der Eisenmann aber hatte sich einen klugen Plan zurechtgelegt. Einerseits sollte die Brücke breit sein, damit viele Angreifer darauf Platz hatten, andererseits wählte er Baumstämme aus, die nur wenig Gewicht vertrugen. Zum Teil sägte er sie noch in der Mitte an. Am einem Rand jedoch wurden auf seinen Befehl hin starke und unbeschädigte Stämme verwendet.

„Wozu denn das?“, fragten die Freunde.

„Wartet ab. Ihr werdet es bald merken.“

Als die Brücke fertig war, sah sie sehr stabil aus. Der Holzfäller rieb sich zufrieden die Blechhände.

„Jetzt sollen sie nur kommen.“

Inzwischen hatte Bar mit seiner Kolonne einen Hügel in der Nähe des Grabens erreicht. Er beschloss, kurz Rast zu machen, denn die Wirkung des Zauberwassers ließ nach, man sah hier und da bereits grünliche Gestalten aus dem Nichts auftauchen. Doch dagegen gab es ein Mittel. Auf Pferdewagen hatten sie Fässer mit der wertvollen Flüssigkeit mitgeführt.

„Antreten zum Medizintanken!“, brüllte Bar und damit war das Zauberwasser gemeint. Die Männer stellten sich hinter einem Wagen auf, von dem gerade ein Fass gerollt wurde.

Was Bar nicht wusste: Er und seine Krieger befanden sich bereits im Visier des Scheuch, der auf eine der drei Rotbuchen geklettert war und mit einem Fernrohr die Gegend absuchte. Es war das einzige im ganzen Land mit blauen Gläsern.

Kurz darauf waren die Unterirdischen wieder verschwunden, doch das nützte ihnen nichts.

Ein großer Trupp Käuer, mit Waffen und gewaltigen Topfdeckeln ausgerüstet, schlängelte sich auf jener Seite über den Graben, wo die unbeschädigten Stämme lagen. Drüben versteckten sie sich hinter Büschen und Steinen.

Die Unsichtbaren setzten sich in Bewegung und marschierten auf den Graben zu. Bar ritt mit einigen Männern voran, sein Gegner, der junge Offizier Erban, hielt sich mit seinen Anhängern weiter hinten auf. Er zweifelte immer mehr an der Richtigkeit des Feldzugs. Der Grüne Fürst war nicht wieder aufgetaucht und Erban fragte sich, ob das nicht ein Wink des Schicksals sei.

An der Brücke machte die Kolonne Halt. Alles schien friedlich, aber man musste vorsichtig sein.

„Späher haben nichts von Graben berichtet“, sagte ein Offizier, „schicken wir erst Vorhut hinüber.“

Bar wollte schon zustimmen, da erblickte er seitlich auf der Brücke eine seltsame Gestalt. Sie hatte einen Trichter auf dem

Kopf, eine Axt in der Hand und glänzte metallisch. Hinter ihr standen, Knüppel und Speere in den Händen, einige Käuer.

„Erst Löwe, nun Blechfigur“, rief Bar wütend. „Hat Kagus nicht behauptet, dass beide zusammen mit Strohpuppe Gefangene befreit haben?“

In diesem Moment krächzte der Holzfäller:

„Wir sehen euch, Unterirdische. Glaubt nicht, dass ihr ungeschoren davonkommt. Ihr werdet gleich meine Axt spüren!“

„Wieso sieht uns?“, fragte ein Offizier, aber Bar, vor Zorn schäumend, hielt sich nicht mit einer Antwort auf.

„Sieht uns oder nicht“, brüllte er, „vorwärts, räumt ihn aus Weg!“ Er gab dem Pferd die Sporen und stürmte los. In breiter Front folgten ihm Reiter und Fußvolk.

Sie kamen jedoch nur bis zur Mitte der Brücke. Dann knisterte es im Gebälk, krachte und die Stämme brachen auseinander. Pferde und Reiter, aber auch ein Teil der Soldaten rutschten ab, stürzten in den Graben.

Laute Schreckens- und Schmerzensschreie ertönten, in das Gewieher der Pferde mischten sich Flintenschüsse. Das Gebrüll und Gestöhne wurde aber sogleich durch einen anderen, noch gewaltigeren Lärm übertönt. Aus ihrem Hinterhalt sprangen, topfdeckel-

schlagend und ihre Knüppel schwingend, die Käuer hervor. Sie drängten den Rest der Angreifer an den Grabenrand.

Es war ein kurzer Kampf. So wie die Pfeile, die auf den Holzfäller abgeschossen wurden, wirkungslos an seinem Blech abprallten, so erreichten sie auch nichts gegen die Käuer, die ihre Topfdeckel als Schilde benutzten. Die Unterirdischen wichen zurück und stießen dabei ihre Gefährten in den Graben, so dass sich deren Zahl immer mehr verringerte. Lediglich Erban kämpfte verzweifelt und schaffte den Rückzug. Von den Käuern verfolgt, suchte er mit seinen Mannen das Weite.

Die Schlacht war geschlagen. Die letzten Unsichtbaren ergaben sich; sie waren total verstört, besonders auch, weil sie anscheinend nicht mehr durch das Zauberwasser geschützt waren. Die Käuer, inzwischen durch neue Kämpfer verstärkt, begannen die Gegner aus dem Graben zu ziehen. Viele von ihnen humpelten, hatten Arm oder Bein gebrochen. Am schlimmsten hatte es Bar erwischt. Beim Aufprall hatte sich ihm der eigene Säbel in die Brust gebohrt, so dass er tot am Boden lag.

Jessica taten die Verwundeten leid, auch wenn sie in böser Absicht gekommen waren. Vor allem nahm sie sich jedoch der Pferde an, sorgte gemeinsam mit Pet dafür, dass sie nach oben geholt wurden, Verbände und Medizin bekamen. Der Scheuch dagegen befragte die Gefangenen nach dem Grünen Fürsten. Als er von seinem Verschwinden erfuhr, sagte er zum Holzfäller:

„Er darf nicht entkommen, sonst greift er uns erneut an. Wir müssen dem Löwen Bescheid geben. Wo treibt er sich eigentlich so lange herum?“

„Er hat die Unsichtbaren angegriffen, soll dabei aber verwundet worden sein“, erwiderte der Eisenmann. „Das hat mir ein Gefangener erzählt.“

„Dann müssen wir ihn schnell ausfindig machen“, erklärte der Scheuch. „Mir scheint, es gibt noch einiges zu tun.“

DAS ENDE DES GRÜNEN FÜRSTEN

Erban und seine Anhänger hatten den Weg zurück zur Höhlenwelt eingeschlagen, aber auch sie verfehlten in dem Durcheinander die Richtung und verirrten sich. Schließlich – die Verfolger schienen abgeschüttelt – legten sie eine Rast auf einer Lichtung ein. An ihrem Rand stand eine Holzhütte. Da sie offenbar unbewohnt war, ging Erban hin und stieß die Tür auf. Im Halbdunkel erkannte er eine grünliche Gestalt auf dem Boden, die an eine Bank gefesselt war. Er wusste sofort, dass es sich um den Fürsten handelte.

Der Grüne Fürst war bei Bewusstsein, konnte Erban aber nicht sehen.

„Wer ... da?“, fragte er.

„Hier bist du, Fürst. Haben dich überall gesucht. Ich bin's, Erban.“

Der Fürst stieß einen Seufzer der Erleichterung aus. Endlich hatten seine Leute ihn gefunden.

„Mich schnell losbinden“, befahl er. „Haben schon zu viel Zeit verloren bei Eroberung von Stadt Smaragd.“

„Wir können Stadt Smaragd nicht erobern“, erwiderte Erban und erzählte, während er die Fesseln löste, was inzwischen geschehen war.

Der Fürst, schon wieder bei Kräften, geriet bei den Worten seines Untergebenen immer mehr in Wut.

„Bar kämpfen und du fliehst!“, schrie er. „So handelt Verräter. Lüge, dass Zauberwasser nicht wirkt. Ich seh euch nicht, aber ihr seht mich.“

Das stimmte allerdings. Während der Fürst langsam wieder sichtbar wurde, blieben die Männer, die vor dem Kampf erneut vom Wasser getrunken hatten, seinen Blicken verborgen.

Erban beteuerte hoch und heilig, dass die Gegner sie durch eine Zauberei trotzdem gesehen haben mussten, und seine Leute unterstützten ihn. Außerdem deutete er an, dass er den Feldzug für gescheitert hielt. Nach seiner Meinung war es am besten, mit den Oberirdischen in Verhandlungen zu treten.

„Mit Strohpuppe und Blechmann?“, tobte der Fürst. „Niemals!“

Erban schwieg, aber einer seiner Anhänger sagte:

„Du auf Offizier hören, Herr. Wir alle seiner Meinung.“

Nun kannte der Zorn des Fürsten keine Grenzen mehr. Er griff nach dem Degen und führte einen wilden Stoß in Richtung des Bewaffneten, der gesprochen hatte. Er traf ihn auch und verletzte ihn schwer. Der Mann sank mit einem Stöhnen in sich zusammen.

Ein empörter Aufschrei ertönte. Die Freunde des Verletzten zogen ihre Waffen und schlugen dem Fürsten den Degen aus der Hand. Einer setzte ihm sogar den Säbel auf die Brust.

„Das Verschwörung“, stammelte der Fürst.

Erban übernahm das Kommando.

„Schluss, wir uns nicht zerfleischen. Jeder soll entscheiden frei. Ist jemand, der nicht mit zurück will in Höhlenwelt?“

Niemand meldete sich. Der Fürst keuchte:

„Verräter, Lumpen. Ihr werdet büßen!“

„Was machen mit ihm?“, fragte einer der Männer.

Erban wusste, dass es gefährlich war, den Grünen Fürsten freizulassen. Noch immer hatte er Respekt vor ihm, weil er der oberste Führer war, aber wenn er die Macht zurückerlangte – vielleicht mit Hilfe einiger Getreuer, die in den Höhlen geblieben waren –, würden er selbst und seine Anhänger hart bestraft werden.

„Nehmt ihm Degen ab, ist unser Gefangener“, sagte er.

Der Fürst, bleich und rasend vor Empörung, sprang zwei Schritte zurück.

„Nur über Leiche!“, brüllte er.

Keiner griff ihn an, doch es unterstützte ihn auch niemand. Der Fürst stieß einen schrecklichen Fluch aus:

„Ihr alle werdet büßen mit eurem Blut!“ Er hob blitzschnell seine Waffe auf, drehte sich um und rannte durch die Büsche davon.

Pferdegetrappel ertönte. Es war der Jäger, der nach seinem Gefangenen sehen wollte. Er hatte Klapp bei dem kranken Löwen zurückgelassen. Noch in Gedanken bei dem Vierbeiner, achtete er zu wenig auf seine Umgebung. Er wurde von dem Grünen Fürsten überrascht, der dem Pferd in die Zügel griff.

„Steig ab, sonst ich dich töten!“

Der Jäger wollte die Flinte von der Schulter reißen, doch eine Degenspitze bohrte sich ihm in die Seite und so musste er aus dem Sattel. Nachdem der Fürst ihm das Gewehr weggenommen hatte, sprang er seinerseits auf das Ross und preschte in gestrecktem Galopp davon.

Kaum war der Angreifer weg, näherten sich eilige Schritte. Zu sehen war aber niemand. Eine Stimme fragte:

„Was geschehen?"

„Wer seid ihr?" Der Jäger wusste nicht, ob er fliehen oder bleiben sollte.

„Das nicht wichtig. Was ist passiert?"

Der Jäger erklärte es. Er sagte, er sei ganz friedlich des Weges gekommen. Er habe gerade einem verletzten Tier geholfen.

„Du Arzt?", fragte die Stimme wieder. „Dann kommen mit."

Die Unterirdischen führten ihn zu dem verwundeten Gefährten, der schon viel Blut verloren hatte. Obwohl der Jäger den Mann nicht sehen konnte, schaffte er es, ihn zu verbinden. Schließlich sagte er:

„Ich habe euch geholfen und glaube er wird wieder gesund werden. Vielleicht könnt auch ihr mir einen Rat geben."

„Welchen Rat?", wollte Erban wissen.

„Mein vierbeiniger Patient ist von Giftpfeilen getroffen worden."

Die Unsichtbaren berieten sich. Dann erwiderte Erban:

„Gibt Mittel gegen Gift, habe hier Fläschchen. Du uns dafür helfen bei Verhandlung mit Herrscher von Stadt Smaragd."

„Ich weiß nicht, ob ich das kann", erwiderte der Jäger. „Ich hatte noch nicht die Ehre, den Weisen Scheuch kennenzulernen."

„Trotzdem. Wir Gegner von Feldzug."

„Das hört sich gut an", sagte der Jäger. „Meinetwegen. Wenn ihr mir das Gegengift gebt, will ich mich für euch verwenden."

Inzwischen sprengte der Fürst querfeldein und diesmal in der richtigen Richtung. Bald erreichte er den Weg, auf dem sie gekommen waren.

Er hoffte weitere Krieger zu treffen, und zwar keine Verräter wie Erban. Dass Bars Truppen gefangen oder getötet waren, konnte er nicht glauben.

Nach einiger Zeit gelangte er zu einem Hügel, an dessen Fuß ein verlassener Planwagen stand. Die Gäule waren offenbar ausgespannt worden und verschwunden. Dennoch leuchteten die Augen des Fürsten auf. Er wusste, dass mit diesem Wagen das Zauberwasser transportiert worden war.

Er sprang vom Pferd. Im Gras lagen einige Fässer, aber zu seinem Bedauern waren sie leer. Die Luft schien rein zu sein und er kletterte auf den Wagen. Dort stand ein weiteres, diesmal gefülltes Fass.

Der Fürst seufzte erleichtert. In einigen Minuten würde er unsichtbar, also geschützt sein. Bestimmt würde er auch seine Anhänger wiederfinden. Er würde grausam mit allen Verrätern abrechnen.

Er zog den Zapfen aus dem Spundloch, kniete sich hin und begann hastig zu trinken. Doch er wurde durch ein schepperndes Geräusch aufgeschreckt. Vor dem Wagen standen, wie aus dem Erdboden gestampft, ein Mädchen und zwei sonderbare Gestalten. Die eine glich einer lustigen Vogelscheuche, die andere war ganz und gar aus Metall.

Der Fürst wusste sofort, wen er vor sich hatte. Das Mädchen war bereits seine Gefangene gewesen, die Strohpuppe und den Blechmann kannte er aus der Beschreibung. Er zückte den Degen.

„Da ihr ja höchstpersönlich!“, rief er. „Kommt mir gerade recht.“

„Du musst der Grüne Fürst sein“, sagte der Scheuch. „Du wurdest schon vermisst.“

„Und ob ich Grüner Fürst bin. Ist mir Vergnügen, euch davon zu überzeugen.“

Er drang auf den Scheuch ein, doch der Holzfäller trat dazwischen und an seiner Eisenbrust prallten die Degenhiebe wirkungslos ab.

„Hör auf damit“, sagte der Holzfäller ernst. „Deine Truppen sind geschlagen, aber noch ist es Zeit, zur Vernunft zu kommen. Wir alle können in Frieden miteinander leben.“

„In Frieden? Ihr Jämmerlinge wollt bloß Kampf ausweichen. Aber ich bin der Stärkere, das ihr werdet gleich merken.“

Der Scheuch begriff, dass es keinen Sinn hatte, weiter mit diesem Gegner zu diskutieren.

„Er ist unbelehrbar“, flüsterte er seinem Freund zu. „Wir müssen ihn außer Gefecht setzen.“

Der Holzfäller nickte. Er nahm die Axt fester in die Hand.

Der Fürst aber, der langsam wieder unsichtbar wurde und sich dadurch sicher fühlte, hielt das Zögern der beiden für Schwäche. Mit einem heftigen Hieb griff er erneut den Scheuch an und schlitzte seine Jacke auf. Das Stroh quoll heraus.

Erschrocken fasste sich der Scheuch an die Hüfte und wäre beinahe ein zweites Mal getroffen worden. Erst im letzten Moment konnte er zur Seite springen.

„Das geht zu weit“, rief der Holzfäller und holte energisch aus. Jessica freilich war schneller. Sie hatte einen Stein aufgehoben, warf und erwischte den Fürsten an der Schulter. Mit einem Schmerzensschrei ließ er den Degen fallen. Der Scheuch, der sich besonnen hatte, gab ihm einen Tritt in den Hintern, so dass er auf die Knie fiel. Doch im Nu war er wieder auf den Beinen und rannte davon.

„Wollen wir ihn verfolgen?“, fragte Jessica.

„Ich glaube, wir sind nicht schnell genug“, erwiderte der Holzfäller. „Kümmern wir uns besser um den Löwen.“

Der Fürst aber, wütend und gedemütigt, lief mitten in ein Feld mit großen roten Blumen. Hier kann ich mich verstecken, bis ich ganz und gar unsichtbar bin, dachte er. Ich werd’s ihnen heimzahlen. Im Grunde dämmerte ihm jedoch, dass ein Sieg in weite Ferne gerückt war.

Was der Fürst allerdings nicht wusste – er war in jenes gefährliche Mohnfeld geraten, in dem vor Jahren beinahe der Tapfere Löwe umgekommen wäre. Kaum hatte er ein paar Schritte getan, wurde er müde, begann zu gähnen, legte sich schließlich erschöpft auf den Boden. Die Anstrengungen der letzten Tage waren zu viel, sagte er sich. Er schlief ein, nahm das betäubende Gift der Blumen in sich auf, und niemand, nicht einmal die Vögel, die vorüberhuschten, konnten den unsichtbar Gewordenen entdecken, geschweige denn, ihm Hilfe geben.

DER LÖWE WIRD GEHEILT

Als Erbans Männer hörten, dass es sich bei dem Patienten des Jägers um den gefährlichen Löwen handelte, der die Kolonne angegriffen hatte, waren sie zunächst erschrocken. Doch dann erkannten sie ihre Chance. Was konnte besser für ihren guten Willen sprechen als die Heilung dieses hier anscheinend hoch geschätzten Raubtiers. Also schlossen sie sich dem Jäger an.

Sie fanden den Löwen in bedenklichem Zustand vor. Klapp, der bei ihren Schritten auf einen Baum geflattert war, sah nur den Jäger und rief:

„Ein Glück, dass du endlich wiederkommst, auch wenn du einen Lärm machst wie eine Kompanie Soldaten. Ich glaube, der Löwe stirbt."

„Das kann nicht sein", erwiderte der Grünrock, „das wäre ein schwerer Verlust fürs ganze Zauberland." Er eilte zu dem Vierbeiner, wobei er die Unsichtbaren fragte:

„Soll ich ihm das Gegengift auf einmal geben?“

„Tropfen um Tropfen“, erwiderte Erban.

„Mit wem sprichst du?“, fragte der Storch verwundert.

„Das sind Unsichtbare, aber sie helfen uns. An dich habe ich übrigens eine Bitte.“

„Ich hab doch gehört, dass du nicht allein bist“, klapperte der Storch. „Weshalb machen sie sich unsichtbar, wenn sie uns helfen wollen?“

„Das zu erklären, ist jetzt keine Zeit. Du musst sofort zum Scheuch fliegen und ihn bitten, hierher zu kommen. Oder einen Vertrauten zu schicken.“ Er kniete sich nieder, öffnete dem Löwen furchtlos das Maul und flößte ihm die ersten Tropfen ein.

„Zum Scheuch, weshalb denn?“ Klapp hatte nicht viel Lust zu starten.

„Weil es um wichtige Dinge geht, um Krieg oder Frieden.“ Der Jäger sprach so ernst, dass der Storch begriff: Es handelte sich um mehr als ums Fröschefangen.

„Na gut, wenn's sein muss.“ Noch immer missmutig, erhob sich Klapp in die Luft und segelte in Richtung Smaragdenstadt davon. Er brauchte nicht weit zu fliegen. Bei einem Weizenfeld sah er Jessica, den Holzfäller und den Scheuch im Gespräch mit ein paar Käuern. Die drei erkundigten sich gerade nach dem Löwen.

Wenig später trafen sie bei der Raubkatze ein. Der Jäger berichtete ihnen, was geschehen war.

Der Löwe war noch nicht aus seiner Ohnmacht erwacht, aber Erban und seine Leute wurden langsam wieder sichtbar. Der junge Offizier trat vor den Scheuch.

„Wir möchten euch Verzeihung bitten“, begann er, „wir Unterirdischen haben angegriffen und ist uns schlecht bekommen. Wir folgen Grünfürst nicht weiter, sondern wollen in Frieden mit euch leben.“

„Wer beweist uns, dass ihr es ehrlich meint?“, fragte der Scheuch.

„Haben Jäger Gegengift für Raubtier gegeben und ihn gebeten, nach dir zu schicken."

Der Löwe schlug die Augen auf.

„Was ist passiert?", fragte er mit schwacher Stimme.

„Du warst sehr krank, eigentlich fast tot", sagte Klapp.

„Fast tot?"

„Ja, von zwei Pfeilen. Der Jäger hat sie herausgeschnitten und diese Leute haben ihm Tropfen für dich gegeben. Wenn ich allerdings nicht gewesen wäre ..."

Jessica, die neben ihrem Freund kniete, unterbrach ihn. Mit Tränen in den Augen streichelte sie den Löwen.

„Armer Löwe", flüsterte sie.

„Na na, das Schlimmste ist ja nun wohl vorbei." Der Vierbeiner war schon besser zu verstehen.

„Ich möchte ein gutes Wort für die Krieger hier einlegen", sagte der Jäger. „Ich glaube, ihr könnt ihnen vertrauen."

„Mag sein." Der Scheuch blieb skeptisch. „Aber welchen Einfluss haben sie auf die Männer und Frauen in den Höhlen? Was werden die tun, wenn der Grüne Fürst wieder auftaucht?"

„In Höhlen nur noch wenige Krieger", gab einer von Erbans Männern zur Antwort. „Wir erklären ihnen Lage. Sie mit uns gegen Grünfürst. Bestimmt."

Der Holzfäller mischte sich ein. Er hatte nachgedacht.

„Wie steht ihr zu dem Roten Fürsten? Ihr haltet ihn dort unten wie einen Gefangenen."

„Mein Vater war Vertrauter von ihm", erwiderte Erban verlegen. „Musste sich lossagen. Aber insgeheim hält noch zu ihm, so wie manch anderer."

„Dann kehrt jetzt am besten in euer Reich zurück und setzt euch mit dem Roten Fürsten in Verbindung."

„Genau das wir haben vor", sagte Erban.

„Gut. Das ist die Voraussetzung für Friedensverhandlungen. Wenn der Scheuch einverstanden ist, empfangen wir euch in der Smaragdenstadt, sobald das geregelt ist."

„Der Scheuch ist einverstanden", stimmte die Strohpuppe zu.

Der Löwe, der inzwischen, wenn auch noch wacklig, wieder auf den Beinen stand, fügte hinzu:

„Und ich werde mich inzwischen um diesen Grünen Fürsten kümmern."

„Kommt nicht in Frage", rief Jessica, „du musst dich erst mal ausruhen. Nach dem Fürsten können auch andere suchen. Faramant und seine Leute zum Beispiel."

Der Storch, der eine neue Gelegenheit sah, sich hervorzutun, klapperte:

„Diese gefährliche Sache kann ja ich erledigen. Von oben entdeckt man viel mehr. Sobald ich den Banditen gefunden habe, gebe ich euch Bescheid."

WAS WIRD AUS DEM ZAUBERWASSER?

Einige Tage danach trafen sich die Abordnungen der Ober- und Unterirdischen in der Smaragdenstadt. Niemand war mehr unsichtbar und folglich brauchte keiner eine blaue Brille. Dennoch wurden es lange und schwierige Verhandlungen, denn viele Punkte mussten geklärt werden. Der Scheuch und seine Freunde zeigten sich dabei sehr großzügig.

Die Delegation der Unterirdischen wurde gleichberechtigt vom Roten Fürsten und von Erban geleitet. Der Fürst hatte sein prächtigstes Gewand angelegt, man sah ihm den Stolz an, wieder ein freier Mann zu sein. Die Rubine auf seinem Mantel und seiner Krone bildeten einen prächtigen Gegensatz zu den Smaragden im Palast.

„Ihr Unterirdischen habt großen Schaden im Land der Käuer angerichtet", erklärte die Strohpuppe, „der Grüne Fürst wollte uns sogar versklaven. Dennoch stellen wir keinerlei Forderungen auf Wiedergutmachung. Wir wissen, wie schwer ihr es habt, dort unten eine friedliche Welt aufzubauen."

„Trotzdem könnten die Gefangenen, die wir gemacht haben, unseren Bauern eine Weile bei der Feldarbeit helfen", schlug Minister Din Gior vor und strich sich den weißen Bart.

„Wir danken für Großmut. Das wird geschehen. Wir selbst aber auch bereit, für euch zu arbeiten", erwiderte Erban.

„Wir wollen lieber miteinander Handel treiben", widersprach der Holzfäller. „Wir liefern Lebensmittel und Bauholz, ihr könnt uns wertvolles Erz geben."

„Eure Felsennüsse wären gleichfalls keine schlechte Ware", fügte Jessica hinzu, die als ein gern gesehener Gast an den Gesprächen teilnehmen durfte.

„Vielleicht ihr braucht auch Zauberwasser?“ Erban schaute fragend in die Runde.

„Wasser, das unsichtbar macht?“ Der Scheuch sah seine Freunde an.

„Auf keinen Fall“, erwiderte der Löwe, der bisher noch nichts gesagt hatte. „Wir haben ja gemerkt, wozu so etwas führt. Man hält sich für unbesiegbar und fällt über die anderen her. Im Tierreich jedenfalls würde das mancher ausnutzen und alles käme durcheinander.“

„Bei uns wäre es ähnlich“, schloss sich der Holzfäller an. „Zumal das Wasser nicht für alle reichen würde.“

„Das ist ganz meine Meinung.“ Der Scheuch nickte.

Jessica sah die Sache anders. Es wäre trotz allem schön gewesen, ein bisschen unsichtbar herumzuspuken, wenn sie wieder zu Hause war. Sie traute sich aber nicht, das auszusprechen.

Der Rote Fürst ergriff das Wort.

„Ihr Oberirdischen wirklich mehr klug als wir“, erklärte er. „Wenn wir dich zu neuem Fürst gewählt, Erban, soll deine erste Maßnahme sein, Zugang zu Zauberwasser ganz und gar zu sperren.“

„Ich, neuer Fürst?“ Der junge Offizier war überrascht. „Ich denke, du hast verdient, wieder zu regieren.“

„Nein, nein, ich jetzt zu alt“, entgegnete der Rote Fürst entschieden. „Aber will dich gern beraten.“

Der Storch kam durchs offene Fenster geflattert. Wie üblich, plapperte er sofort los. Allerdings hatte er diesmal etwas Wichtiges mitzuteilen. Er hatte den Grünen Fürsten im großen Mohnfeld gefunden. Mausetot, wie er versicherte.

Die Unterirdischen berieten sich.

„War verblendet, aber werden dennoch bei uns begraben“, verkündete schließlich Erban. „Falls ihr erlaubt, nehmen ihn mit in Höhlenwelt.“

„Meinetwegen, wenn der Rote Fürst gleichfalls eurer Meinung ist“, stimmte der Scheuch zu.

Schließlich wurden in einem Vertrag alle wichtigen Punkte genau festgehalten. Während die Delegationen noch verhandelten, verließ Jessica den Raum. Sie lief in den Park, um Abschied von Tütü und einigen anderen Tieren zu nehmen. Am nächsten Tag würde der Löwe sie zur Grenze bringen. Von dort sollten die Riesenadler sie über die Weltumspannenden Berge tragen.

Plötzlich stand Betty neben ihr. Sie hatte eine kleine Flasche in der Hand.

„Hier“, sagte sie, „mein Abschiedsgeschenk.“

„Was ist das?“

„Errätst du es nicht?“

„Etwa Zauberwasser?“, fragte Jessica ungläubig. „Wo hast du das her?“

„Einer von Erbans Leuten hat es mir mitgebracht, doch was soll ich damit? Du dagegen hast bestimmt Verwendung dafür.“ Sie lachte.

„Das ... das ist großartig. Ich werd auch keinen Unsinn damit machen.“

„Das hoffe ich doch sehr.“ Die Prinzessin lachte erneut. „Im übrigen grüß deinen Großvater Goodwin von mir. Ich hatte ja keine Zeit, ihm auf Wiedersehen zu sagen.“

„Ich werde ihm alles erzählen, was passiert ist“, versprach Jessica. „Du weißt, er kennt sich im Zauberland aus und wird mir glauben.“

„Ein Glück, dass er dir glaubt“, sagte Betty, „denn wer sollte dir sonst die Erlaubnis geben, wieder zu uns zu kommen, wenn das nächste Abenteuer beginnt.“

INHALT

GOODWINS